KB117374

유토피아나

유토피아나

짧게 쓴 20세기 이야기

파트리크 오우르제드니크 지음
정보라 옮김

열린책들

The translation of this book was supported by the Ministry of Culture of the Czech Republic.

이 책은 체코 문화부로부터 지원을 받아 출간되었습니다.

EUROPEANA
by PATRIK OUŘEDNÍK

This Korean edition is published by arrangement with the author through Agency Pluh (www.pluh.org).

이 책은 실로 꿰매어 제본하는 정통적인 사철 방식으로 만들어졌습니다.
사철 방식으로 제본된 책은 오랫동안 보관해도 손상되지 않습니다.

1944년 노르망디에서 전사한 미국인들은 평균 신장 173센티미터의 건장한 체격이라 한 사람의 머리가 다음 사람의 발에 닿게끔 길게 이어 눕히면 38킬로미터에 이르렀을 것이다. 독일군도 마찬가지로 체격이 좋았지만 이들을 겁주기 위해 제일 키가 큰 병사들이 최전선에 파견되었으니 바로 제1차 세계 대전 시절의 세네갈 저격병들로 그들의 평균 신장은 176센티미터나 되었다. 제1차 세계 대전 동안에는 사람들이 씨앗처럼 쓰러졌다는데 그래서 나중에 러시아 공산주의자들은 1킬로미터의 시신 행렬이 비료를 얼마큼이나 생산하는지 그리고 두엄 대신 반역자와 범죄자의 시체를 쓰면 비싼 외제 비료에 들어가는 비용을 얼마나 절감할 수 있을지 계산했다고 한다. 또 영국인들은 탱크를 발명했고 독일인들은 가스를 발명했는데 이 가스는 독일인들이 이에페르Ieper 지역에서

영국인들이 탱크를 발명하다

처음 사용했기 때문에 이페리트*yperite*로 알려졌다지만 이것은 알고 보니 사실이 아니었고 이 가스는 디종 지역의 머스터드처럼 코를 톡 쏘는 터라 겨자 가스로도 알려졌는데 이것은 알고 보니 사실이라 전쟁이 끝나서 집에 돌아간 병사들 가운데 몇몇은 다시는 디종 머스터드를 먹지 않으려 했다. 제1차 세계 대전은 제국주의 전쟁으로 알려졌으니 독일인들이 느끼기에는 다른 나라들이 자기네들에 대한 편견에 사로잡혀 있고 따라서 자기들이 강대국이 되어 그게 뭔지는 몰라도 아무튼 역사적인 임무를 완수하도록 내버려 둘 생각이 없는 것 같았기 때문이다. 그리고 유럽과 독일과 오스트리아와 프랑스와 세르비아와 불가리아 등지의 대다수 사람들은 이 전쟁이 꼭 필요하고 정당하며 세상에 평화를 가져다줄 거라고 믿었다. 그리고 많은 사람들은 이 전쟁이 인간의 마음속에 조국에 대한 사랑이나 용기나 희생 등 산업화된 현대의 세계가 밀어내 버린 덕목들을 되살려 줄 거라고 생각했다. 그리고 가난한 사람들은 드디어 기차를 타보겠구나 생각하며 기뻐했고 시골 사람들은 드디어 큰 도시에 구경 가서 가까운 우체국에 전화한 다음 집에 있는 아내에게 전보를 쳐달라며 〈여기는 다 좋다. 당신도 좋기를 바란다〉라고 불러 주게 되겠구나 생각하며 기뻐했다. 장군들은 자기가 신문에 나오겠구나 생각하며 기뻐했고 소수 민족 출신 사람들은 표준어를 쓰는 사람들과 함께 전쟁에 참여해서 군대 행진곡과 즐거운 후렴구를 다 같이 노래하게 되겠구나 생각하며 기뻐했다. 그리고 모두가 다 포도 수확철까지 아니면 늦어도 크리스마스 때까지는 집에 돌아갈 거라고 생각했다.

군대 행진곡

나중에 몇몇 역사학자들은 사실상 20세기가 시작된 건 1914년 전쟁이 터졌을 때라고 했는데 왜냐하면 제1차 세계 대전은 역사상 처음으로 그렇게 많은 나라들이 참여했고 그렇게 많은 사람들이 죽었으며 비행선과 비행기들이 날아다니며 후방과 마을과 민간인들을 폭격하고 잠수함이 배를 침몰시키고 대포가 포탄을 10~12킬로미터까지 발사할 수 있었던 전쟁이었기 때문이다. 그리고 독일인들은 가스를 발명했고 영국인들은 탱크를 발명했고 과학자들은 동위 원소와 일반 상대성 이론을 발명했는데 이 이론에 따르면 모든 것은 형이상학적이 아니라 상대적이었다. 그리고 비행기를 처음 본 세네갈 저격병들은 그것이 길들여진 새라고 믿었고 병사 한 명은 죽은 말에서 고깃덩이를 베어 내서는 최대한 멀리 던져 그 새를 다른 곳으로 쫓아 보내려 했다. 그리고 군인들은 녹색 바탕에 위장 무늬가 있는 군복을 입었는데 왜냐하면 적들에게 보이지 않도록 하기 위해서였고 이것은 당시로서

독일인들이
가스를 발명하다

는 현대적이었으니 왜냐하면 그 전에는 전쟁 때 군인들이 멀리서도 잘 보이도록 알록달록한 군복을 입었기 때문이다. 그리고 공중에는 비행선과 비행기가 날아다녔고 이 때문에 말들은 엄청나게 겁을 먹었다. 그리고 작가와 시인들은 어떻게 하면 이 모든 것을 가장 잘 표현할 수 있을지 궁리하다가 1916년에 다다이즘을 발명했는데 왜냐하면 모든 것이 다 미친 것 같아 보였기 때문이며 러시아 사람들은 10월 혁명을 발명했다. 그리고 군인들은 목이나 손목에 이름과 소속 부대 번호를 적은 표를 달아서 누가 누구인지 조문 전보를 어디로 보내야 할지 표시했지만 폭격 때문에 머리나 팔이 날아가서 군번표를 찾을 수 없으면 군 지휘부에서 이들을 무명의 용사라고 선언했고 큰 도시에서는 이들이 잊히지 않도록 영원히 꺼지지 않는 추모의 불을 피웠는데 왜냐하면 불은 아주 오래된 과거의 기억이라도 계속 간직해 주기 때문이었다. 그리고 프랑스인 전사자를 전부 이어 붙이면 2681킬로미터에 달했고 영국인 전사자는 1547킬로미터 그리고 독일인 전사자는 3010킬로미터에 달했는데 이것은 시신의 평균 길이를 172센티미터로 쳤을 때의 수치이며 전 세계적으로 1만 5508킬로미터의 병사들이 전사했다. 그리고 1918년 스페인 독감으로 알려진 인플루엔자가 전 세계를 돌며 2천만 명이 넘는 사람들을 죽였다. 나중에 평화주의자와 반(反)군국주의자들이 말하기를 스페인 독감으로 죽은 사람들도 전쟁의 희생자인데 왜냐하면 군인과 민간인들이 매우 안 좋은 위생 환경에서 살고 있었기 때문이라고 했지만 질병학자들은 말하기를 스페인 독감으로 죽은 사람은 전쟁에 휘말리지 않았던 오세아니아나 인도나 미국 같은 나라에서 더 많았다고 했으며 무정부주의자들은 말하기를 잘됐다고 했는데 왜냐하면 세상은 썩었고 멸망을 향해 가고 있기 때문이라는 것이었다.

세상이 멸망을 향해 가다

한편 다른 역사학자들은 사실상 20세기는 더 일찍 시작되었으니 전통적인 세계를 무너뜨린 산업 혁명과 함께 시작되었으며 이 모든 일이 증기 기관과 증기선 탓이라고 말했다. 그리고 또 다른 사람들은 20세기가 처음 시작된 것은 사람이 원숭이로부터 진화했다는 사실이 밝혀졌을 때라고 말했는데 몇몇은 자기들이 더 빨리 발달했으므로 원숭이 혈통이 남들보다 덜하다고 했다. 그리고 언어학자들은 언어를 비교하며 누가 더 발달된 언어를 사용하고 누가 문명의 발전 과정에서 가장 멀리 나아갔는지 추측하기 시작했다. 많은 사람들이 그건 바로 프랑스인들이라고 결론지었는데 왜냐하면 프랑스에서는 온갖 종류의 고상하고 유행의 첨단을 걷는 일들이 일어

문명의 발전 과정

나는 데다 프랑스 사람들은 대화를 할 줄 알고 접속법과 대과거 조건법을 사용할 뿐 아니라 여자에게 유혹적으로 미소 지었으며 여자들은 캉캉을 추었고 화가들은 인상을 발명했기 때문이다. 하지만 독일인들은 말하기를 진정한 문명이란 단순하면서도 민중과 가까워야 하며 자기들이 낭만주의를 발명했고 여러 독일 시인들이 사랑에 대해서 혹은 안개 낀 골짜기에 대해서 썼다고 했다. 독일인들은 천부적인 유럽 문명의 전달자는 자기들인데 왜냐하면 독일인은 전쟁과 무역을 할 줄 알고 게다가 즐거운 오락도 즐길 줄 알기 때문이며 프랑스인들은 허영심이 많고 영국인들은 오만하고 슬라브인들은 제대로 된 언어를 갖지 못했고 언어는 민족의 영혼인데 어차피 슬라브인들에게는 민족이나 국가가 필요 없으니 왜냐하면 그런 게 있어 봤자 머리만 복잡해질 뿐이기 때문이라고 말했다. 한편 슬라브인들은 그건 사실이 아니고 자기들의 언어가 실제로 가장 오래되었으며 그 사실은 쉽게 증명할 수 있다고 말했다. 독일인들은 프랑스인들에게 〈벌레 먹는 사람들〉이라고 했고 프랑스인들은 독일인들에게 〈배추 대가리〉라고 했다. 그리고 러시아인들은 유럽 전체가 타락했고 가톨릭과 개신교 신자들이 유럽을 완전히 망쳐 놓았다며 콘스탄티노플에서 터키인들을 몰아낸 다음 유럽을 러시아 영토로 합병시켜서 신앙을 지키겠다고 제안했다.

제1차 세계 대전은 참호 전쟁으로도 알려졌는데 왜냐하면 몇 달이 지나자 전방은 교착 상태가 되었고 병사들은 진흙투성이 참호에 숨어 있다가 밤이나 새벽에 공격을 감행하여 적의 영토를 20미터 그리고 30미터 그리고 50미터씩 차츰차츰 점령하려 했기 때문이다. 그리고 병사들은 녹색 바탕에 위장 무늬가 있는 군복을 입고 서로서로 포격을 하고 총을 쏘았다. 그리고 독일군에게는 폭뢰 발사기가 있었고 프랑스군에게는 박격포가 있어서 서로 포탄을 쏘아 댈 수 있었다. 한 분대가 공격을 감행하면 병사들은 다른 참호 위로 뛰어넘어 다니며 가시 철조망을 자르고 지뢰를 피해야 했고 그러는 동안 적군은 기관총을 쏘아 댔다. 병사들은 몇 달 혹은 몇 년씩 그 참호 안에서 지내며 지루해했고 겁을 냈고 카드놀이를 했고 참호와 이동 통로에 여러 가지 이름을 붙였는데 프랑스인들은 〈달팽이 집〉이나 〈오페라 광장〉이나 〈불운〉이나 〈탈영병의 집〉이나 〈원한〉이나 〈두통〉 같은 이름을 만들어 냈고 독일인들은 〈그레첸〉이나 〈브룬힐다〉나 〈뚱뚱이 베르타〉나 〈선지〉 등등의 이름을 붙였다. 독일인들은 프랑스인들이 허영덩어리라고 했고 프랑스인들은 독일인들이 천박하다고 했다. 그리고 그들은 이제 더 이상 크리스

뚱뚱이 베르타

마스 때까지 집에 가게 될 거라고 믿지 않았고 자신들이 버림받았으며 사랑받지 못한다고 느꼈다. 군사령부에서는 전쟁이 곧 끝날 것이니 우울한 감정을 피하고 병사들의 사기를 유지해야 하며 참을성과 긍정적인 태도를 가져야 한다는 소식을 전했고 1917년 어떤 이탈리아 병사는 자기 누이에게 보내는 편지에 〈내 마음속에서 좋았던 것들이 모두 빠져나가는 듯한 느낌이 날이 갈수록 점점 확실해진다〉라고 썼다. 그런 참호들에서 흑사병이 발생하지 않은 것은 굉장한 의학적 수수께끼인데 왜냐하면 쥐들이 병사들과 함께 살았고 시체를 먹었고 살아 있는 사람들의 손가락과 발가락을 물었기 때문이다. 군사령부는 흑사병이 발생하면 그 틈을 타 적들이 방어 지점을 점령하게 될까 염려하여 쥐를 한 마리 죽일 때마다 포상을 주겠다고 제안했고 쥐를 쏘아 죽인 병사들이 그 증거로 꼬리를 잘라 내어 저녁때 쥐 꼬리를 담당하는 특별 병참 장교에게 전달하면 병참 장교는 쥐 꼬리를 세고 병사들이 각자 얼마나 벌었는지 말해 주었지만 상금은 결국 전달되지 않았는데 왜냐하면 자금이 마련되지 않았기 때문이다. 이[蝨]도 병사들과 함께 살았다. 그래서 때때로 밤에 적을 기다리며 숨어 있을 때면 적병이 몸을 긁는 소리를 들을 수 있었고 그 소리로 적병이 어디 있는지 알아내어 그 방향으로 총을 쏘거나 수류탄을 던졌다. 그러

병사들이 숨어 있을 때

나 이도 적군도 여전히 계속 많았다.

20세기에는 전통적인 종교의 신자가 줄어드는 현상이 나타났는데 왜냐하면 자기들이 원숭이로부터 진화했고 기차를 타고 여행할 수 있고 전화를 할 수 있고 잠수함을 타고 바닷속에 들어갈 수 있다는 사실을 알게 된 사람들이 종교에 등을 돌려 교회에 점점 더 안 나가기 시작했을 뿐 아니라 하느님 같은 건 없고 종교는 사람들을 무지와 어둠 속에 잡아 두며 자신들은 실증주의를 지지한다고 말했기 때문이다. 실증주의는 철학적 원칙으로서 사람의 판단력과 현상에 대한 이해는 자연 과학과 사회 과학의 결과물이며 과학적으로 검증 가능한 것만이 유일한 진리이고 형이상학은 헛소리라고 선언했다. 실증주의자들은 그 어떤 신도 믿지 않았지만 초창기에 몇몇은 어떤 초월적 존재가 실재할 수도 있고 증명할 수는 없지만 과학적으로 가능하다고 말하기도 했다. 그러나 학자들은 생명이란 완전히 우연의 산물이며 질서는 혼돈에서 생겨났고 자기들은 천지 창조를 믿지 않는데 왜냐하면 기독교 전통에 따르면 천지 창조는 6천 년 전에 일어난 걸로 되어 있기 때문이라고 말했다. 그리고 천체 물리학자들은 모든 것이 쿼크[1]와 원자와 기체에 달린 문제이며 우주의 나이는 120억이나 150억 년 정도 되었고

실증주의

질서는 혼돈에서 생겨났다

계속 팽창하고 있지만 우주가 앞으로도 쭉 팽창할지 혹은 어느 날 다시 줄어들기 시작할지 혹은 그냥 폭발해 버릴지는 자기들도 모른다고 말했다. 종교를 믿는 사람들은 말하기를 인간이 원숭이와 쿼크와 원자와 기체로부터 왔을 수도 있지만 그래 봤자 아무것도 달라지지 않는데 왜냐하면 누군가는 원숭이와 쿼크를 창조해야만 했기 때문이라고 했다. 그리고 우주가 처음 생겨난 것이 6천 년 전인지 150억 년 전인지도 특별히 문제가 되지 않는데 왜냐하면 중요한 것은 그 이전에 있었던 일이고 과학은 여기에 상대도 되지 않는다고 말했다. 천체 물리학자들은 그 전에는 아무것도 없었다고 말했고 종교를 믿는 사람들은 성경에도 바로 그렇게 쓰여 있다고 말했다. 시간이 가면서 실증주의는 그 매력을 잃었으니 왜냐하면 진보와 잠수함과 원자 폭탄과 양자수(量子數)를 대체 어떻게 하면 좋을지 알지 못한 사람들이 어쨌든 뭔가 좀 초월적인 깨달음이 있지 않을까 생각하기에 이르렀기 때문이다. 그리고 어떤 학자들은 과학적 연구로는 결코 신의 존재에 대해 증명할 수 없으며 과학이 비록 신이나 어떤 초월적 존재가 실재한다는 반박할 수 없는 증거를 제시하지는 못하지만 인간의 질문에 대하여 학문적

1 *quark*. 원자의 일부로 지금까지 알려진 것 중에서 물질을 이루는 가장 작은 입자다.

으로 근거 있는 대답을 발견하기 위한 초석을 놓아 줄 수는 있다고 말했는데 그 대답이란 삶의 의미와 신의 마음은 실제로 동일하다는 얘기였다. 그리고 철학자들은 신이 최소한 가상으로도 존재할 수는 없는 것인지 궁리하기 시작했는데 그래 봤자 이런 가정은 그 자체로 모순이었다.

가상의 존재

19세기 말미에 도시 사람들은 새로운 세기를 약간 조급하게 기다렸는데 왜냐하면 19세기라는 시대가 앞으로 다가올 인류의 여행길에 포석을 깔아 주었기 때문이다. 그래서 미래에는 모든 사람이 전화를 하고 증기선으로 여행하고 지하철로 이동하고 움직이는 손잡이가 달린 에스컬레이터를 타고 고급 석탄으로 난방을 하고 심지어 목욕도 일주일에 한 번은 하게 될 것이었다. 그리고 전자기 전신과 무선 전화 통신이 번개 같은 속도로 공간을 가로질러 사람들의 생각과 욕망을 전달해 줄 것이었다. 그리고 인간들의 공동체는 조화를 이루어 평화롭게 단합하여 살아갈 수 있게 될 것이었다. 그리고 굉장한 이벤트가 있었으니 바로 1900년에 열린 파리 만국 박람회로 이 박람회는 새로운 시대의 문턱에서 미래와 인류가 앞으로 나아갈 길을 찬양했고 관람객들은 움직이는 무빙워크에 올라 발명품들을 감상하며 새로운 예술 사조

새로운 시대의 문턱

에 경탄했다. 그들은 20세기가 가난과 고된 노동을 끝장내 줄 것이고 전기의 발전이 열어 줄 가능성은 상상도 할 수 없을 정도로 멋질 것이라 확신했다. 모든 사람들이 사회 복지와 일주일간의 유급 휴가를 즐기게 될 것이었다. 그리고 사람들은 편안하고 위생적이고 민주적으로 살 것이고 여성들도 민주적으로 살며 투표를 하러 가서 자기들의 정치적 대표자에게 표를 던질 수 있게 될 것이었다. 그리고 사람들은 20세기를 약간 조급하게 기다렸는데 왜냐하면 새로운 시대는 인류를 위한 새로운 기회를 뜻하며 우리들은 과거의 잘못에서 배워야만 하기 때문이었다. 여자들은 1906년 핀란드에서 투표를 하기 시작해 이것이 1913년 노르웨이와 1915년 덴마크 등지로 이어졌고 시간이 지나자 대학 공부를 하고 졸업 시험을 보고 정치와 과학에 참여하고 정당한 평화를 위해 군대에서 싸우는 것도 원하게 되었다. 대부분의 남자들은 여자들의 요구에 완전히 동의하지 않았는데 여자들은 대체로 가정생활과 잡다한 집안일에 대한 감각을 지닌 반면에 남자들은 사회 조직과 추상적 사고와 공동체 생활과 즐거운 오락에 대해 좀 더 발전된 감각을 지니고 있다고 여겼던 것이다. 그리고 어떤 민주 국가에서는 국회에 동등한 숫자의 남성과 여성이 있어야 한다고 법으로 정했지만 어떤 여자들은 이것이 민주적인 것은 아니라고

과거로부터
배우다

말했는데 무엇보다도 여성은 인간이기 때문이었다. 여자들이 그저 아이를 낳고 기저귀 빨래 등등의 일만 하면서 남편이 월급을 받아 집에 오는 것만 기다리는 것이야말로 정당하지 못하다는 얘기였다. 어떤 남자들은 집에서 기저귀 빨래 등등의 일만 하고 더 이상 일하러 가지 않는 쪽이 좋다고 말했고 사회 정책이 발달한 스웨덴에서는 많은 남자들이 국가 보조금을 받았는데 왜냐하면 아내가 직장에 다니고 있었기 때문이다. 그리고 여러 종류의 조사에 의하면 많은 사람들이 20세기의 가장 위대한 사건으로 피임 기구의 발명을 꼽았는데 왜냐하면 이제 여자들은 마음 내킬 때 언제든지 성교를 하며 임신할 걱정을 하지 않아도 된다는 뜻이었고 그 덕분에 여자들은 성적인 독립과 경제적 독립까지 달성할 수 있게 되었는데 왜냐하면 여자들도 온갖 종류의 중요한 직업을 얻을 수 있게 되었기 때문이고 여자들은 이제 쥐를 보고도 기절하지 않게 되었는데 왜냐하면 여자에 대한 남자들의 선입견에 맞춰 주는 걸 그만두었기 때문이다. 사회학자들은 서구 사회에서 전통적 여성의 형상은 돌이킬 수 없이 사라져 버렸다고 말했으니 왜냐하면 몇 세기 동안이나 자연의 질서에 복종해 온 여자들이 이제 피임 기구 덕분에 사회 계약의 질서에 합류했기 때문이다. 그리고 사람들은 여성 해방이 사실은 강요된 자유의 패러독스

여성은 인간이다

피임 기구의 발명

라고 말했는데 왜냐하면 여자들은 점점 더 많은 책임과 의무를 지게 되었고 야간 당직 금지나 모성 휴가 등등 전에는 중요한 사회적 성취이자 여성의 특권으로 여겨졌던 일들이 이제는 여자들에게 일종의 억압이 되었기 때문이다.

세계 종말

20세기 말에 사람들은 새로운 천 년을 2000년에 축하해야 할지 2001년에 축하해야 할지 확신할 수가 없었다. 세계 종말을 기다리는 사람들에게 이것은 중요한 일이었지만 대부분의 사람들은 세계 종말을 믿지 않았으므로 상관하지 않았다. 세계 종말을 기다리는 사람들은 종말이 아무 날에나 일어날 수 있다고 생각했다. 그리고 몇몇 기독교 신자들은 2000년의 실제 서기 연도는 2004년이라고 말했는데 왜냐하면 예수는 일반적으로 생각하는 것보다 4년 일찍 태어났기 때문이라는 것이었다. 그리고 유대 달력에 따르면 세상은 이미 5760년에 접어들었고 이슬람 달력에 따르면 아직 1419년에 불과했으며 율리우스력에 따르면 그레고리우스력보다 날짜가 아직 덜 되었는데 1917년 10월 혁명이 11월에 일어난 이유도 그 때문이었다. 불교 신자들은 상관하지 않았는데 왜냐하면 불교 달력에 따르면 이미 2542년이었고 불교 신자들은 자기들이 다음 생에서 개구리가 될지 개미핥기가 될지 긴꼬리원숭이가 될지 등등에 더 관심이 있었기 때문이다. 20세기에 불교와 도교는 유럽에서 많은 추종자를 얻었는데 이들은 징을 치고 횡격막을 통해 숨을 쉬고 음과 양에 대해 얘기하고 신비주의적인 책을 썼으며 세상은 신비로 가득하지만 겉으로만 그렇게 보일 뿐인데 왜냐하면 실제로는 모든 것이 조화를 이루고 있기 때문이라고 말했다. 그리고 누군가 신비를 경험하면 그들은 그 신비에 대해서 책을 썼는데 왜냐하면 대중 매체의 시대가 도래했으며 모두들 책을 쓰고 싶어 했기 때문이다. 그리고 사람들은 세계 종말보다는 테러리스트의 공격 그리고 전산 체계의 붕괴 때문에 텔레비전과 비디오와 전자레인지와 현금 인출기와 공항과 고속도로와 교통 신호등과 고층 건물의 엘리베이터가 작동을 멈추는 것을 더 걱정했다. 20세기에 테러리스트의 공격은 증가했는데 왜냐하면 그것이야말로 누군가 어떤 일에 마음 깊이 반대한다는 것을 보여 주는 방식이었기 때문이고 그런 공격 중 가장 유명한 것은 1914년 사라예보에서 일어난 오스트리아 대공 암살 사건이었으니 그 때문에 제1차 세계대전이 일어났으며 그와 함께 20세기도 시작되었다. 전문가들이 시민에게 경고한 전산 체계 붕괴는 〈밀레니엄 버그〉라는 것으로 날짜가 99/12/31에서 00/01/01로 바뀌는 순간 전산 체계가 무너져 버릴 수도 있다는 얘기

음과 양

마음 깊이 반대하는 것

였는데 왜냐하면 대부분의 컴퓨터 기기가 연도를 두 자리로 표기했기 때문이며 여기서 위험한 점은 전산 체계가 2000년을 1900년으로 인식해서 마치 20세기와 오스트리아 대공 암살이 전혀 일어나지 않았던 일처럼 되어 버릴 수도 있다는 것이었다.

제1차 세계 대전 동안에 사람들은 또한 전시(戰時) 프로파간다를 만들어 냈는데 왜냐하면 전쟁은 사방에서 진행 중이었고 심지어 시골 오지에서도 진행 중이었으며 크리스마스 전에 전쟁을 끝내려면 사람들이 준비를 하고 마음의 결단과 함께 희생을 받아들여야 했기 때문이다. 그리고 많은 남자들이 전방에서 싸웠고 여자들은 남자들 대신 공장과 대중교통 등등에서 일해야 했으며 여러 정보기관은 민간인을 대상으로 하는 포스터를 발명해 냈다. 포스터 속의 오스트리아 여자들은 〈WIR HALTEN DURCH!〉라고 말했고 포스터 속의 영국 여자들은 〈WOMEN OF BRITAIN SAY — GO!〉라고 말했고 포스터 속의 헝가리 여자들은 〈HA MAJD EGYSZER MINDNYAJAN VISSZAJÖNNEK!〉라고 말했고 포스터 속의 이탈리아 여자들은 〈SEMPRE AVANT!〉라고 말했고 포스터 속의 프랑스 여자들은 〈ILS SONT BRAVES, NOS GARS!〉라고 말했고 포스터 속의 미국

남자들이
전방에 나가다

여자들은 〈GEE! I WISH I WERE A MAN! I'D JOIN THE NAVY!〉라고 말했다. 그리고 이 여자들의 말뜻은 〈우리는 굴복하지 않는다〉 〈전진〉 〈언젠가 그들 모두 우리에게 돌아올 것이다〉 〈영원히 앞으로〉 〈우리의 남자들은 용감하다〉 〈오 나도 남자였으면 해군에 입대할 텐데〉였다. 곧 아이들도 포스터에 등장하기 시작했는데 어떤 영국 포스터에는 달걀이 그려져 있고 그 안에서 총검이 장착된 총을 든 아기가 기어 나와서 〈아직도 프리츠[2]가 있어요?〉라고 묻는 모습이었다. 그리고 여러 정보기관에서는 최후의 승리에 기여할 최선의 방법을 생각해 내려고 애썼다. 그리고 독일인들은 프랑스인들이 개구리를 먹고 러시아인들이 어린아이를 먹는다고 말했고 프랑스인들은 독일인들이 어린아이와 내장을 먹는다고 말했다. 그리고 여자들은 전방의 모르는 병사들에게 소포와 편지를 보냈고 병사들은 답장을 하며 여자들에게 몇 살인지 묻곤 했다. 때때로 어떤 병사가 편지를 받기 전에 죽으면 사령관은 자기 부대에서 아직 편지를 받지 못한 사람 중에 이름이 같은 사람을 찾아서 주었다. 여자들은 편지를 보내고 군수 공장에서 일했는데 그곳에서는 폭탄과 독가스를 제조했다. 영국에서는 1백만 명의 여성이 군수 공장에서 일했고 그중 평균 열여덟 명이 매

전진

2 Fritz. 독일인 남자의 이름으로 흔히 쓰인다.

일 실명했으며 다른 사람들은 가스 중독으로 죽었다. 군수 공장에서 일하는 여자들은 머리카락이 오렌지색에 얼굴은 노란색이어서 사람들은 그들을 카나리아라고 불렀다. 그리고 의사들은 전쟁이 끝난 뒤 그 여자들 중 3분의 2가 불임이 될 거라고 추정했다. 독가스는 적군의 사기를 떨어뜨리기 위해 사용되었으나 가스를 써도 적의 전선을 뚫을 수는 없었다. 제때 방독면을 쓰지 못한 병사들의 모습은 마치 물에 빠져 죽어 가는 사람들 같았다.

자유형을 할 줄 아는 사람들

자유형을 할 줄 아는 사람들은 자유형을 했고 자유형을 할 수 없는 사람들은 평영을 하거나 개헤엄을 쳤다. 그리고 그들은 가스 밖으로 헤엄쳐 숨쉴 수 있는 곳으로 나오려 했다.

제1차 세계 대전이 일어나기 전에 도시 사람들은 등유 램프로 불을 밝혔으며 시골에서는 촛불을 켜고 석탄이나 나무로 난방을 했지만 얼마 지나지 않아 전기가 들어오더니 그 덕에 꿈도 꿀 수 없었던 일들이 현실로 이루어졌다. 처음에 시골 사람들은 전기를 무서워했고 어디다

전기는 어디다 써야 하는가

써야 하는지도 몰랐는데 왜냐하면 라디오나 축음기를 가진 사람이 아주 적었기 때문이다. 제2차 세계 대전 이후 냉장고와 세탁기와 탈수기와 텔레비전이 만들어지기 시작하고서야 시골 사람들은 도시에서 무슨 일이 벌어

지는지 알려면 라디오를 듣고 텔레비전을 봐야겠다고 말했고 시골에 전기를 설치해 달라고 정부에 요구했다. 엔지니어들은 라디오를 무선 전화 통신이라고 말했고 몇몇 나이 든 사람들은 라디오란 전화기와 같은 것이며 미리 돈을 주면 누군가 전화해서 어디에 전쟁이 일어났는지 알려 주는 거라고 생각했다. 그리고 처음 텔레비전을 보았을 때에는 그것이 만국 박람회에서 보았던 영사기와 같은 것이며 건물 안에서 누군가 이를테면 며느리나 손자가 몰래 영사기 손잡이를 돌려 자기들을 놀리는 거라고 생각했다. 몇몇 나이 든 사람들은 또한 텔레비전이나 라디오 진행자가 내놓는 질문에 대답하는 버릇이 있어서 예를 들어 텔레비전이나 라디오에서 누군가 〈그래서 어떻게 됐을 거라고 생각하십니까?〉 하면 〈글쎄 정말로 모르겠는데〉라고 말했고 텔레비전이나 라디오에서 누군가 〈내일 날씨는 어떨까요?〉 하면 〈비가 올 때가 됐어, 안 그러면 수확을 망치게 될 거야〉라고 말했다. 위생 분야에서도 커다란 업적이 이루어졌는데 왜냐하면 제1차 세계 대전 이전에는 사람들이 목욕을 자주 하지 않았고 목욕을 할 때면 가족 전체가 혹은 가족 전체와 이웃들 등등까지 같은 욕조에 몸을 담갔기 때문이다. 도시에 사는 돈 많은 사람들은 자기 욕조를 가졌고 시간이 지나면서 수도관을 통해 뜨거운 물도 받게 되었다. 하지만 제

의사들이
사람들에게
설명해 주다

법 오랫동안 도시의 다른 사람들과 시골 사람들은 뜨거운 물을 무서워했는데 왜냐하면 그 안에 미생물이 있다고 생각했기 때문이다. 미생물이 뭔지 정확히 알지는 못했지만 건강하게 살려면 필요 없는 것이리라 사람들은 상상했다. 그리고 의사들은 사람들을 가르치기 위해 교육 프로그램을 마련해서 차가운 물보다 뜨거운 물에 더 많은 미생물이 있는 건 아니라고 설명했지만 그것도 완전히 확실한 건 아니었다. 그리고 조금씩 조금씩 사람들은 심지어 시골에서도 한 달에 한 번이나 보름에 한 번 혹은 일주일에 한 번씩 정기적으로 목욕을 하게 되었다. 그리고 20세기가 끝날 무렵 산업화된 국가에 사는 사람들은 하루에 두 번 혹은 더 자주 목욕하거나 샤워를 하게 되었고 누구나 다 수세식 화장실과 뜯어서 쓰는 화장실용 휴지를 갖게 되었다. 뜯어서 쓰는 화장실용 휴지는 1901년 스위스의 종이 제조업체에서 발명했는데 그날은 스위스 정부가 이탈리아 왕을 암살한 것으로 의심되는 어떤 무정부주의자를 이탈리아 정부에 넘겨준 날과 같은 날이었고 신문에서는 화장실용 휴지가 소박하지만 중요한 발명품이라고 보도했다. 그리고 1914년 어떤 프랑스 여자가 브래지어를 발명했는데 신문에서는 브래지어의 발명으로 더 활동적이고 현대적인 삶을 갈구하는 여성들이 새로운 삶을 누릴 수 있게 되었으며 코르셋의 소멸은 온갖 편견에 옥죄였던 구세계의 종말을 표현하는 거라고 보도했다. 그리고 1945년 미국 사람들은 가슴이 작은 여성을 위해서 컵 안에 솜을 댄 브래지어를 발명했다. 그리고 1968년 서구의 여러 도시에서 여자들은 여성의 권리를 위해 시위를 하다가 기자들 앞에서 남성과 여성의 권리가 같아야 함을 보여 주려고 입고 있던 브래지어를 일부러 찢어 버렸다. 그리고 1인당 물 소비량이 하루 10리터에서 115리터로 늘었고 지하수 수위는 전세계적으로 낮아졌으며 50년이나 1백 년이 지나면 물이 고갈되기 시작할 거라는 걱정이 생겨났다. 제1차 세계 대전이 시작된 지 1년인지 1년 반인지 되었을 때 가끔씩 병사들이 서로 총 쏘는 걸 멈추고 비공식적인 휴전을 몇 시간 동안 이어 가며 전쟁 중이 아닌 것처럼 행동하는 일이 생겼고 보쿠아[3]에서는 독일군이 데리고 있던 훈련견이 독일군과 영국군 전선 사이를 왔다 갔다 하면서 빵과 담배와 초콜릿과 코냑을 날랐다. 독일군은 담배와 초콜릿을 갖고 있었으나 빵이나 코냑은 없었고 영국군은 빵과 코냑은 많이 갖고 있었으나 담배가 충분치 않았던 것이다. 그리고 프레다초[4]에서는 오스트리아 병사들이 이

지하수의 수위

3 Vauquois. 프랑스 북동부에 있는 작은 마을. 제1차 세계 대전 당시 서부 전선의 요충지로 1914년 가을부터 1918년 봄까지 전투가 지속되었다.

탈리아 군대에 〈우리 고양이랑 담배를 보낸다〉라고 적힌 카드와 함께 고양이를 보냈다. 담배는 고양이 등에 끈으로 묶여 있었다. 이탈리아 사람들은 담배를 피우고 고양이를 죽여서 먹었다. 그리고 카랑시[5]에서는 1914년 크리스마스이브에 독일군과 프랑스군 병사들이 함께 캐롤을 부르면서 서로의 건강을 위해 건배했고 서로 소리치며 농담을 주고받았다. 그리고 독일군은 프랑스군에게 정말로 개구리를 먹는 거냐고 물었고 프랑스군은 독일군에게 정말로 맥주를 마시면 턱수염이 자라는 거냐고 물었다. 군사령부에서는 이런 비공식적인 휴전을 묵인해 주었으니 왜냐하면 병사들의 긴장을 풀어 주는 한 방법이기도 했고 외출증도 절약할 수 있었기 때문이다. 나중에 독일군 상급 지휘부에서는 이런 비공식적인 휴전 시간을 정당한 홍보전과 적에 대한 교육에 이용하지 않으면 아깝다고 결정해서 전단과 엽서를 찍어 내기 시작했고 독일군 병사들은 담배와 함께 홍보물도 지뢰밭 건너편으로 보냈다. 전단에는 영국군이 프랑스군을 그냥 도와주는 시늉만 하고 있다든가 동부 전선은 이미 없어졌고 러시아 군대는 우랄 산맥 너머로 쫓겨 갔다고 적혀 있

4 Predazzo. 이탈리아 북부의 마을. 제1차 세계 대전 당시 오스트리아군이 주둔했다.

5 Carency. 프랑스 북부의 농촌 마을. 제1차 세계 대전 당시 심하게 파괴되었다.

었다. 그리고 엽서에는 독일군에 포로로 잡힌 프랑스 병사들이 나와 있었는데 모두들 볕에 잘 그을린 얼굴에 깨끗한 제복 차림이었다.

21세기가 오기를 약간 조급하게 기다리는 사람들도 있었는데 이들은 새로운 시대가 인류를 위한 새로운 기회이며 우리는 과거의 잘못에서 배우고 새로운 시대에 더 잘 맞는 새로운 인간을 창조해야 한다고 말했다. 그리고 사람들이 스스로의 잘못에서 배운다면 더 이상 전쟁도 질병도 홍수도 지진도 기근도 독재 정권도 없을 거라고 했는데 왜냐하면 새로운 인간은 역동적이고 관용적이고 긍정적일 것이기 때문이었다. 20세기는 인류 역사상 가장 치명적인 시기였다는 말이 돌았고 21세기가 오기를 약간 조급하게 기다리는 사람들은 어찌 됐든 새로운 시대가 예전보다 더 나쁠 리는 없다고 말했지만 다른 사람들은 언제나 더 나빠질 수 있고 최소한 똑같이 나쁠 수도 있다고 말했다. 성경을 읽은 사람들은 인류가 구제 불능이며 성경에 있는 모든 내용은 철자 바꾸기와 순서 바꾸기로 되어 있어서 언제 어디서 누가 누구를 암살할지 언제 전쟁이 일어날지 누가 어느 곳의 대통령이 될지 성경에 다 나와 있고 〈베르됭[6]에서 50만 명 사망〉과 〈치클론 B〉[7]와 〈에이즈 유행〉과 〈소련 공산주의 몰락〉의 모

새로운 인간

든 자료와 세부 사항까지 그러니까 간단히 말해 전에 있었던 일과 앞으로 일어날 모든 일까지도 다 나와 있지만 우리는 우리가 정확히 뭘 찾으려는지 모르기 때문에 앞날을 미리 아는 것은 불가능하고 우리가 뭘 찾으려는지 알기만 하면 전부 때맞춰 찾아낼 수 있겠지만 그러면 그 일은 일어나지 않을 것이니 앞날엔 아무것도 없을 거라고 말했다. 이해하지 못하는 자들에게는 이상하게 들리겠지만 자기들은 성경을 전부 찾아봤다는 것이었다. 그리고 어떤 사람들은 세계 종말이 임박했다고 말했으며 다른 사람들은 아직 좀 남았다고 했다. 그리고 인류학자들은 세계 종말이 개인과 공동체의 삶에 있어 중요한 요인이라고 했는데 왜냐하면 두려움과 공격성을 떨쳐 내고 스스로의 죽음을 받아들이는 데 도움이 되기 때문이었다. 그리고 심리학자들은 개개인이 공격성을 분출하는 것이 중요한 요인이며 그러기 위해서는 경쟁적인 운동 경기가 가장 좋다고 말했는데 왜냐하면 참여자 모두가 공격성을 분출하면서도 사망자는 전쟁보다 훨씬 적기 때문이었다.

세계 종말

중요한 요인

6 Verdun. 프랑스 동북부의 소도시. 제1차 세계 대전의 주요 전투 중 하나인 〈베르됭 전투〉는 소모전의 대표적인 예로 엄청난 인명 피해를 낳았다.

7 *zyklon B*. 나치가 아우슈비츠 수용소의 가스실에서 유대인을 학살할 때 썼던 독가스.

1945년 독일 군대에서는 50만 명의 여성들이 싸움에 나섰는데 그중 일부는 독일군 병사들이 퇴로를 확보할 수 있도록 지뢰 제거 특별 부대에서 일했고 다른 여자들은 독일 도시를 폭격하는 적군의 비행기를 쏘아 떨어뜨렸다. 그리고 4백만 명의 여성들이 민방위대에서 일하며 폭격당한 건물의 잔해에서 시신을 수습하여 공동묘지로 수송함으로써 전염병이 도는 것을 막았다. 그리고 어떤 도시에서는 여자들을 대상으로 시신 화장법에 대한 특별 교육 과정을 열기도 했다. 나흘간의 교육에 열다섯에서 스무 명의 수강생이 편성되었다. 그들은 뼈 부수는 기계를 조작하는 법과 시신을 넣은 구덩이를 고르게 덮는 법과 나중에 그 구덩이 위에 나무를 심을 수 있도록 흙을 체 치는 법을 배웠다. 나무들은 도시의 산소 재생을 보장해 주므로 중요했고 시신을 태운 재는 과수원과 채소밭에서 비료로 쓰일 수 있을 뿐 아니라 독일에서 점점 부족해지는 유기 비료를 대신할 수 있었기 때문이다. 건물 잔해 속의 시신들은 뭉쳐 있었고 가끔은 두 구나 세 구가 서로 손을 잡거나 껴안고 있어서 떼어 놓으려면 톱으로 잘라야 했다. 그리고 어떤 여자가 서로 붙은 시신을 잘라 떼어 놓지 않으려 하는 바람에 시신 수습 작업대 대장이 그녀를 방해 공작 혐의로 총살시키려 했으나 그러는 사이에 그 여자를 총살하기로 되어 있던 병사들

도시 폭격

산소 재생

은 탈영해 버리고 없었다.

이페리트는 모든 독가스 중에서도 가장 효과적이어서 염소와 포스겐과 클로로피크린과 시안화수소와 비화수소 등등 전쟁에 사용된 다른 가스들을 점차 대체해 나갔고 제1차 세계 대전이 끝난 뒤에도 오랫동안 사용되었다. 한편 과학자들은 루이사이트와 타분과 사린과 소만 등등 다른 신경가스를 발명했다. 신경가스의 사용은 1899년과 1907년과 1922년과 1925년과 1946년과 1954년과 1972년과 1990년과 1992년의 회담에서 금지되었다. 그리고 전선과 후방에서 화생방 훈련이 실시되어 군인과 민간인들은 최대한 빨리 방독면을 쓰는 법과 파편에서 나온 흙이나 먼지가 필터에 들어가지 않도록 하는 법을 배웠다. 그리고 1915년 프랑스인들은 말에게 씌우는 특수 방독면을 발명했고 1922년 독일인들은 개에게 씌우는 특수 방독면을 발명했다. 그리고 세기말에 의사들은 가스 중독 예방약을 발명했지만 얼마 후 그 예방약은 간염과 폐결핵과 편두통과 기억 상실을 유발하는 것으로 나타났다. 제2차 세계 대전 당시 독일인들은 매년 1만 8천 톤의 독가스를 생산했으나 독일 전략가들은 독가스 사용이 군부대의 진군과 이후의 퇴각을 지연시킨다고 결론지었다. 독일인들은 강제 수용소에서 집시와 유대인들을 박멸하는 데 가스를 사용했고 치클론 B로 알려진 가스도 발명했는데 이 가스를 이용하면 많은 사람들을 값싸고 빠르게 죽일 수 있었다. 치클론 B는 그 성분 때문에 소독용 제품으로 분류되어 1940년 2월 부헨발트 강제 수용소[8]에서 250명의 집시 어린이들에게 시험적으로 처음 사용되었는데 이 어린이들은 체코 경찰이 브르노[9]에서 체포한 아이들이었고 이 시험을 통해 치클론 B는 다른 가스들보다 이런 목적에 더 적합하다는 사실이 증명되었다.

20세기 때 대단히 실망스러웠던 일들 가운데 하나는 의무 교육과 기술 진보와 학문과 문화가 19세기 때 많은 사람들이 믿었던 것처럼 더 좋은 사람 혹은 더 인간적인 사람을 키워 내지 못했다는 것이었고 또한 수많은 살인자와 고문 기술자와 대량 학살자들이 예술을 사랑하고 오페라를 듣고 전시회를 다니고 시를 쓰고 인문학과 의학 등등을 공부했다는 것이었다. 그리고 철학자들 사이에서는 20세기와 함께 인본주의 시대는 끝났으며 새로

인본주의는 끝났다

8 Buchenwald. 1937년 독일 본토에 처음 건설된 강제 수용소. 1941년 다하우Dachau 수용소가 건설되기 전까지 독일 최대 규모의 수용소였다. 제2차 세계 대전이 끝나고 1945년 수용소가 해방된 뒤 1950년까지 소련군이 점령하여 소비에트 비밀경찰 수용소로 사용했다.
9 Brno. 체코 남부의 대도시. 프라하에 이어 체코에서 두 번째로 큰 도시다.

운 시대가 시작되었다는 의견이 점점 더 팽배해졌고 그들은 그 새로운 시대를 포스트휴머니즘 시대라고 불렀는데 왜냐하면 아직 어떻게 정의해야 할지 알 수가 없었기 때문이다. 역사학자와 철학자들은 인본주의가 글쓰기 중심의 문화 사조였으며 그 때문에 사회는 문학 공동체처럼 운영될 수 있었는데 1918년 라디오의 등장과 1945년 텔레비전의 등장 이후로 그리고 1980년대와 1990년대의 테크놀로지 혁신으로 더 이상 그럴 수 없게 되었다고 말했다. 그리고 인본주의에 마지막 치명타를 날린 것은 생명 공학이었다고도 말했다. 그리고 어떤 사람들은 그래도 괜찮다고 왜냐하면 인본주의는 인간 사상의 역사에 존재했던 거대한 속임수였으니 인본주의가 수백 년 동안 이어졌음에도 인간을 발전시키지 못했기 때문이라고 말했다. 따라서 생명 공학이야말로 인간을 발전시킬 새로운 기회인데 인류 역사상 처음으로 인간 출생 전 선택 기능을 장악할 수 있게 되었기 때문이며 미래를 위해 가장 시급한 과제는 인간을 발전시키기에 적절한 코드를 찾아내는 거라는 얘기였다. 하지만 다른 사람들은 이것이 틀렸고 인본주의는 인간으로 하여금 스스로의 행동에 책임을 지도록 함으로써 인간을 발전시켰으며 그것은 대단한 진일보라고 했다. 그러나 점점 더 많은 사람들이 책임이란 구시대적 관념이고 실제로는 효율성과 신속성으로 대체되었다고 여겼다. 그리고 새로운 인간은 책임감 있는 인간이 아니라 효율적인 인간일 거라고 했다. 그리고 효율성이 사물의 자연적 질서의 일부인 반면에 책임감은 인본주의적 발명품이자 비효율성에 대한 변명이라고 했다.

새로운 인간

제1차 세계 대전 이후에 공산주의와 파시즘이 유럽 전체에 퍼졌는데 왜냐하면 많은 사람들이 구세계는 썩었고 새로운 길을 찾아야 하고 민주주의적 통치로는 세계 대전을 막을 수 없고 자본주의가 경제 위기를 유발했다고 믿었기 때문이다. 공산주의자와 파시스트들은 새로운 인간을 발명해 내야 하며 그 새로운 인간은 자부심 있고 강하고 근면하고 고결하고 초월적 정의와 집단적 삶에 대한 감각을 가지고 있어야 한다고 말했다. 초월적 정의란 사람들이 헌법에 의해 모든 시민에게 동등한 권리를 인정하는 민주주의 정권에서 주장하는 것처럼 완전히 평등하지 않다는 뜻이었다. 공산주의자와 파시스트들은 인권이란 노동자를 착취하는 부르주아의 이익을 위한 속임수일 뿐이라고 말했다. 그리고 그들은 썩은 부르주아들을 세상에서 없애 버리고 구세계를 영원히 청산하여 새로운 세계를 맞이해야 한다고 했다. 파시스트들은 한때 모든 사람이 다 기독교인이었던 것과 비슷한 방식으

세계는 썩었다

로 새로운 세상에서는 모든 사람이 다 노동자일 거라고 말했고 공산주의자들은 새로운 세상은 계급 없는 사회가 지배할 것이며 그곳에서는 모든 사람이 모두의 이익을 위해서 일하게 될 거라고 말했다. 그리고 그들은 공산주의야말로 인간 역사의 필연적이고도 최종적인 단계라고 했다. 사람들은 오전에 육체노동을 하고 오후에 정신노동을 하게 되리라는 것이었다. 최초의 공산당은 1918년 소비에트 연방에서 결성되었고 최초의 파시스트당은 1919년 이탈리아에서 결성되어 곧 유럽 전체로 파시즘이 퍼져 나갔는데 왜냐하면 사람들은 정치권력이 부패했고 다수 정당 체제는 그저 돈만 많이 들 뿐 아무도 아무것도 얻지 못한다고 느꼈기 때문이다. 공산주의자들과 파시스트들은 다수 정당 체제와 민주주의가 사회의 쇠퇴와 가치의 파괴로 이어진다고 말했다. 그리고 자기들이 권력만 잡으면 모두 다 편안하고 행복한 삶을 살 수 있도록 보장하겠지만 그럴 자격이 없는 사람은 예외가 될 것이라고 했다. 그리고 사회의 기둥이 되는 건전한 중심층이 자유롭게 발전하도록 보장하고 기생충을 박멸해야 한다고 말했는데 여기서 기생충이란 혁명적 사고를 할 능력이 없어서 구세계에 매달려 있는 사람들이었다. 그리고 독일에서는 나치즘이 발달했으니 나치즘은 인종적 순수성을 지지했고 이는 곧 아리아인은 아리아 혈통을 오염시키지 않도록 다른 열등한 인종과 섞여서는 안 된다는 뜻이었다. 아리아인은 두개골이 긴 편이고 백인이고 금발이고 두개골의 길이와 너비의 비율이 75 미만이고 창조적 정신과 공동체에 대한 감각을 갖추고 있는 인종이었다. 나치는 자연이 잔혹하지만 정당하다고 했다. 따라서 새로운 혁명적 발상과 가치와 초월적 정의를 지지하고자 하는 사람 또한 마찬가지로 잔혹하고 정당해야 한다는 것이었다. 그리고 역사는 진실과 거짓 사이의 영원한 투쟁이라고도 했다. 그리고 자기들이 진실이라고 했다. 그리고 모두는 각자 어느 편을 들지 선택해야 했는데 그렇게 하지 않으면 역사의 태풍이 그들을 날려 버릴 것이기 때문이었다.

공동체에 대한 감각

나치는 가스실과 치클론 B의 사용법을 발명하고 이를 이용해 많은 사람을 값싸고 빠르게 죽임으로써 아리아 인종의 퇴보를 막고자 했다. 나치는 아리아 인종이 모든 인종 중에 최고이며 자기들은 모든 아리아 인종 중에 최고라고 말했는데 왜냐하면 나치는 전쟁을 일으키는 법과 무역을 하는 법과 즐거운 오락을 베푸는 법을 알기 때문이라는 것이었다. 그리고 유럽은 타락했지만 끝까지 다 무너지도록 내버려 두는 것은 굉장히 큰 실수일 테니 자기들이 유럽의 붕괴를 막을 거라고 했다. 그리고 아

무너지는 유럽

무짝에도 쓸모없는 것들 즉 집시와 슬라브인과 미치광이와 동성애자 등등을 유럽에서 없애야 한다고 말했으며 특히 유대인들은 유럽을 더럽히려 하기 때문에 주로 유대인들을 없애야 한다고 했다. 그리고 나치는 독일과 점령국 영토의 유대인들을 모아 강제 수용소로 데려가서 옷을 벗기고 특별한 시설로 보냈는데 그 시설은 가스실이라 불렸다. 가스실은 입구가 하나뿐이고 창문이 없는 커다란 방으로 천장에는 파이프가 여러 개 달려 있어서 나치가 그 방 안에 사람들을 가득 몰아넣은 다음 파이프로 가스를 틀면 사람들은 질식했다. 그러고서 나치는 질식한 사람들의 입에서 금니를 뽑아내고 그중 몇몇은 가죽을 벗겼으며 그 가죽은 최고위 장교들과 중요한 정치 지도자들을 위한 전등갓을 만드는 데 사용되었다. 그리고 나치는 사람들을 가스실로 보내기 전에 삭발을 시켰고 그 머리카락은 매트리스의 속을 채우거나 인형 가발을 만드는 데 사용되었다. 그리고 과학자들은 질식한 사람의 지방을 이용해 독일군 병사들이 사용할 비누 만드는 법을 고안했다. 5킬로그램의 지방에 10리터의 물과 1킬로그램의 수산화 나트륨을 첨가하고 이 혼합물을 솥에서 3시간 동안 끓인 뒤 소금을 약간 넣고 더 끓였다가 식히면서 막이 생기면 걷어 낸 다음 한 번 더 끓이고 다시 식히기 전에는 특별한 용액을 넣어 비누에서 냄새

유대인들이 유럽을 더럽히려 하다

가 나지 않게 하는 방법이었다. 그리고 그단스크[10]에서는 한 독일 병사가 미쳐 버렸으니 왜냐하면 전쟁 전에 그 병사에게 애인이 있었는데 그는 애인이 유대인인 것을 몰랐고 애인은 나중에 아우슈비츠 강제 수용소로 끌려갔으며 동료들은 병사에게 농담 삼아 말하기를 시신을 가져다가 비누로 만드는 그단스크 해부학 연구소의 소장이 알려 줬는데 그가 지난 일주일간 사용했던 비누가 그 애인으로 만든 것이었다고 했기 때문이다. 그리고 그 병사는 미쳐서 독일의 정신 병원으로 실려 가야 했다.

병사가 미쳐 버리다

결국 대부분의 신자들은 성경이 과학적이라기보다 상징적이며 천지 창조 역시 확실한 것이 아닐지도 모른다고 생각하게 되었지만 그래도 상관없다며 받아들였는데 왜냐하면 성경은 사실상 은유이며 은유는 우주의 질서와 인간 운명 이해의 관건이고 사람은 누구나 다 똑같은 초월적 의지에 종속되어 있기 때문이었다. 그리고 어찌 됐든 이 모든 일의 배후에는 무엇인가 있어야만 했다. 어떤 사람들은 종파를 만들어서 여러 가지를 믿었다. 한쪽에서는 사람도 신이 될 수 있다고 선언하고 보편적 부활을

보편적 부활

10 Gdańsk. 폴란드 북부의 항구 도시. 1919년 자유시가 되었다가 1939년 독일이 병합을 요구하며 폴란드를 침입함으로써 제2차 세계 대전의 직접적인 원인이 되었다.

믿으며 죽었던 사람들이 전부 다 부활하는 때가 닥쳐오면 누가 누구인지 알 수 있도록 혈통 계보를 밝히는 기록 보존소를 만들었다. 다른 쪽에서는 고기도 먹지 않고 술도 마시지 않은 채 임박한 예수 재림을 기다리면 천국에 가게 될 것이라며 기뻐했고 또 다른 쪽에서는 모든 사람의 내면에 빛이 숨어 있어서 명상을 많이 하면 성령이 그 내면의 빛을 밝혀 줄 거라고 믿었다. 그리고 가장 잘 알려진 종파는 여호와의 증인과 오순절 교회[11]와 아미시파[12]였는데 아미시는 전기를 싫어해서 불을 켤 때 등유를 썼고 어두운 색 옷을 입고 돌아다녔고 기술적 성과물은 사람들을 하느님으로부터 멀어지게 하는데 사람들을 하느님으로부터 멀어지게 하는 것은 사람들 안의 영혼을 파괴하고자 하는 적그리스도의 목적이라고 선언했다. 여호와의 증인들은 영혼의 불멸성을 믿는 대신 죽은 뒤 자기들이 지구로 되돌아와서 영원한 환희 속에 살아갈 것이며 성경 속 스물두 명의 가부장들도 함께 돌아올 거라고 믿었기 때문에 전쟁이 끝난 뒤에는 캘리포니아에 그 가부장들을 위한 커다란 집을 지었다. 그들은 사람들이 지

11 펜테코스트파Pentecostal Church. 성령 강림, 방언 등을 중시하는 개신교 종파의 일종.

12 Amish. 16세기 유럽에서 있었던 재침례교도 탄압을 피해 미국으로 건너온 스위스-독일계 개신교 종파. 현대적인 기계나 기술을 전혀 사용하지 않으며 전통적인 농업 중심의 공동체 생활을 한다.

구의 언어를 잊어버리고 신앙과 사상의 힘으로 의사소통을 하게 될 거라고 믿었다. 그리고 20세기 말에는 종말론적 교파들이 늘어났는데 이런 교파들은 종말을 앞당기고자 했으며 미리 깨달음을 얻은 사람들만 들어올 수 있는 더 새롭고 더 좋은 세상을 건설하려 했다. 그리고 기독교인의 숫자가 줄어들수록 뭔가 어떤 신이 존재하긴 하는데 그 신을 다른 데 가서 찾아야겠다고 믿는 사람들의 숫자가 늘어났다. 그리고 또 다른 사람들은 지구의 생명체 혹은 최소한 인간은 외계 세력의 개입을 통해 창조된 것으로 어떤 외계의 존재들이 오래전 언젠가 지구에 착륙해서 대기 중에 산소를 뿌렸거나 아니면 원숭이를 임신시켜서 지성이 있는 생물체가 생겨났다고 믿었다. 그리고 1954년에는 한 미국인이 사이언톨로지를 발명했다. 그는 사이언톨로지야말로 자유를 얻기 위한 유일한 진실의 길이자 인류 전체를 해방시키는 길이라고 말했다. 그리고 세상은 하느님이 만든 것이 아니라고 했다. 오래전 인간이 아직 불멸의 영적인 존재였을 적에 세상을 창조했다는 것이다. 그런데 세상을 창조하는 과정에서 사고가 일어나는 바람에 사람들은 힘을 잃고 너무나 퇴보해 버려서 자기들이 불멸하는 영적 존재라는 사실을 잊어버렸다. 그러나 사이언톨로지는 사람들을 시간과 공간과 물질의 족쇄에서 해방시키고 스스로에 대한

신은 존재한다

물질로부터의 해방

의식과 잃어버린 힘을 재발견하게끔 도와줄 수 있었다.

20세기 초에는 많은 사람들이 실증주의와 전기와 발명품과 생물학과 포유류의 진화와 심리학과 사회 물리학을 다시 말해 사회학을 믿었고 과학자들은 현대 과학이 인류에게 가져다준 자원과 최신 발견들을 이용하면 인간을 더 완벽하게 개량할 수 있을 뿐 아니라 더 이성적이고 더 인간적인 새로운 세상을 건설할 수 있을 거라고 결론지었다. 그리고 19세기가 20세기로 바뀔 무렵에는 인류를 완벽하게 만들 방법을 연구하는 우생학이 널리 보급되었다. 우생학자들은 말하기를 건강하고 충실한 개인도 있지만 열등한 개인 즉 정신병자와 범죄자와 주정뱅이와 매춘부 등등도 함께 존재하며 후자는 인류 발전을 저해한다고 했다. 그리고 각국 정부에서 법을 제정해 생물학적으로 결함이 있고 천성적으로나 선천적으로 반사회적 행동을 하는 경향을 가진 개인은 인류의 발전 과정에서 제거할 수 있도록 해야 한다고 조언했다. 그리고 우생학자들은 그런 개인들을 불임으로 만들어 결함을 제거하고 사회의 중심층을 건강하게 보존해야 한다고 말했다. 그리고 그들은 통계를 내서 예를 들어 83세의 알코올 중독 여성은 총 894명의 자손을 가질 수 있는데 그중 예순일곱 명은 상습 범죄자이고 일곱 명은 살인자

더 인간적인 세상

사회의 중심층을
보존하는 방법

이고 181명은 매춘부이고 142명은 거지이고 마흔 명은 미치광이이므로 총 437명의 반사회적 분자들이 태어나는 셈이라고 했다. 그리고 우생학자들은 그 437명의 반사회적 분자들 때문에 아파트 건물 140채에 해당하는 사회적 비용이 소요될 거라고 계산했다. 이후 나치는 불임 시술과 거세와 강제 낙태와 특수 시설 거주 또한 사회에서 소비해야 하는 비용으로 그 돈은 더 적절한 곳에 사용될 수 있으며 반사회적 분자들을 인류 발전 과정에서 제거하는 더 간단한 방법은 안락사라고 결론지었다. 그리고 20만 명 이상의 반사회적 분자들이 강제 수용소에 수감되고 가스실에서 살해되었는데 이를 이용해서 나치는 유대인 문제에 대한 최종 해결책이 선포되기 전부터 이미 가스실을 작동시켜 시험 운영을 해볼 수 있었다. 반사회적 분자들은 강제 수용소에서 가슴에 검은 삼각형을 달았고 유대인들은 노란 별을 달았다. 그리고 정치범들은 빨간 삼각형을 달았고 동성애자들은 반사회적 분자 중에서도 따로 분류되어 분홍색 삼각형을 달았다.

제1차 세계 대전이 끝난 뒤 전사자들이 잊혀 버리지 않도록 추모비가 건설되기 시작했다. 역사학자들은 전쟁 추모비가 제1차 세계 대전 이전부터 존재했다고 말했지만 추모비는 1920년대에 들어서야 서구 문화권에서 보편적인 추모의 상징으로 퍼져 나가기 시작했고 조각가와 석공들은 작업 의뢰가 많이 들어온다며 기뻐했다. 전쟁 추모비는 대부분 기둥이나 첨탑 모양으로 세워졌다. 꼭대기에는 전사자의 국적에 따라 수탉이나 성 이르지[13]나 독수리가 있었고 중간 부분에는 무기를 든 병사가 침착하고 결연한 표정을 짓고 있었으며 아래쪽에는 여성과 아이들이 있었는데 인류학자와 민족학자들은 이것이 전형적인 인도·유럽어족의 문화 양식이라고 했다. 전사자들의 이름은 대개 알파벳순으로 나열되었다. 추모비에서 가장 자주 보이는 단어들은 〈조국〉과 〈영웅〉과 〈순교자〉와 〈기억하라!〉였다. 때때로 추모비에는 〈전쟁이여 저주받으라〉라는 문구가 새겨지기도 했고 어떤 도시에서는 전쟁 중에 사형을 당한 병사들이나 명령에 복종하기를 거부해서 강제 노역을 했던 병사들을 위한 추모비가 건립되기도 했다. 그리고 1916년 쥐뱅쿠르[14]에서 규정에 맞는 군복 바지를 갖고 있지 않았던 한 병사는 죽은 동료의 바지가 더럽고 피로 얼룩져 있다는 이유로 입기를 거부하다가 처형당했다. 그리고 1920년 프랑스인

13 로마 군인 출신의 기독교 순교자 성 조지St. George를 뜻한다.

14 Juvincourt. 프랑스 북부에 있는 군용 비행장. 제2차 세계 대전이 일어나기 전에 프랑스 공군에서 건설했고 나치 점령기에는 독일군 비행장으로 사용되다가 1944년 9월 연합군 점령 후 미군의 주요 비행장으로 사용되었다. 지금은 사용되지 않는다.

들은 무명의 용사를 위한 추모비와 영원히 타오르는 불꽃이라는 아이디어를 떠올려 대단한 성공을 거두었는데 이것은 영국과 벨기에와 이탈리아와 또 아직 역사를 갖지 못한 새로운 국가들 예를 들어 체코슬로바키아나 유고슬라비아 등지에서도 인기를 끌었다. 무명의 용사란 폭탄을 맞아 머리가 날아가 버린 병사 혹은 군번표가 적의 총알에 맞아 부서진 병사 혹은 묻힌 곳이 산사태로 무너져 버린 병사 혹은 늪에 빠져 움직일 수 없게 되어 버린 병사였다. 어떤 벨기에 병사는 쿠르타이[15] 근처에서 늪에 빠져 무릎까지 가라앉았는데 동료 네 명은 그를 끌어내지 못했고 그때쯤에는 말들도 모두 죽고 없었다. 그리고 이틀 뒤 병사들이 같은 경로로 후퇴할 때 그 군인은 아직 살아 있었지만 머리만 보였고 더는 고함을 지르지 않았다.

무명의 용사

말들이 모두 죽다

그리고 나치가 전쟁에서 졌을 때 승리한 국가들은 국제 재판을 열었는데 변호사들은 유대인 문제에 대한 최종 해결책 그리고 집시와 슬라브인 등등을 박멸하기 위한 여러 가지 계획에 무슨 이름을 붙여야 할지 고민하다가 인

15 Courtai. 벨기에의 쿠르트라이Courtrai, 혹은 플라망어 코르트레이크Kortrijk의 오타로 보인다. 벨기에 서북부 플랑드르 지역에 있는 프랑스 인접 도시.

새로운 방식의 기억

종 학살이라는 단어를 발명해 냈다. 역사학자들은 20세기에 세계적으로 대략 60회의 인종 학살이 일어났으나 전부 역사적 기억에 포함되지는 못했다고 결론지었다. 역사학자들은 역사적 기억이 역사의 일부가 아니라고 말하며 기억은 역사적 영역에서 심리적 영역으로 옮겨갔고 이로 인해 새로운 방식의 기억이 마련되었는데 그렇게 되면 그것은 이제 사건에 대한 기억이라기보다는 기억에 대한 기억의 문제라고 했다. 그리고 기억의 내면화 때문에 사람들은 과거에 대한 어떤 빚을 갚아야 한다고 느꼈지만 누구에게 무슨 빚을 갚아야 하는지는 알 수가 없었다. 이후 유대인 문제에 대한 최종 해결책은 홀로코스트*holocaust*나 쇼아*shoah*라고 불리게 되었는데 왜냐하면 유대인들이 그것은 엄밀히 말해 인종 학살이 아니라 인종 학살을 넘어선 어떤 것이며 인간의 이해를 넘어선 어떤 것이라고 하며 이 특수성을 표현할 만한 다른 이름을 찾고자 했기 때문이다. 그리고 유대인들이 인종 학살을 자기들만의 것으로 전용하려 한다는 느낌을 가지게 된 많은 사람들은 말하기를 어떤 인종 학살이든 피해자는 자기들의 경험이 인간의 이해를 넘어서는 것이라고 인식하기 마련이고 유대인들은 역사적 현실을 발현된 형태와 혼동하고 있으며 그래서 아이러니하게도 바로 유대인들이 대부분의 사람들로 하여금 홀로코스트를 마치 영화의 극적인 한 장면처럼 상상하도록 만들어 버렸다고 했다. 그리고 어떤 랍비들은 유대인이 강제 수용소에서 죽게 된 것은 우연히 혹은 실수로 일어난 일이 아니고 사실 주된 이유는 그들이 전생에서 죄를 저지른 영혼의 환생이기 때문이며 실제로 지상에서 삶을 사는 동안 내내 경건하고 흠 없는 채로 남아 있는 영혼의 수는 매우 적다고 말했다. 그리고 역사학자들은 서구 사회가 기억의 연속으로서의 역사라는 전통적인 관념에서 역사적 불연속상에 투영된 기억이라는 관념으로 옮겨 갔다고 말했다. 그리고 다른 랍비들은 홀로코스트 기간 동안 하느님은 현장에서 물러나 있었으나 그것은 처벌이라기보다 오히려 세상이 그분께서 처음 내려 주셨던 상태로 즉 암흑으로 덮여 있던 심연의 원초적인 모습으로 돌아갔던 것이며 그분의 영혼은 그 상태에 초연했을 뿐이라고 말했다. 그리고 한 젊은 유대인 여성은 전쟁에서 살아남았는데 왜냐하면 슈트루토프 강제 수용소의 열차 플랫폼에서 바이올린으로 「즐거운 과부Die Lustige Witwe」의 아리아를 연주했기 때문이다. 그리고 역사학자들은 말하기를 정체성의 시대가 마침내 종말을 맞이했는데 왜냐하면 역사의 기록이 인식론의 시대에 들어섰기 때문이라고 했다.

즐거운 과부

1940년 나치는 유대인 문제에 대한 최종 해결책을 궁리하기 시작하여 유럽의 모든 유대인을 마다가스카르로 추방하기로 결정했다. 미국과 아르헨티나에 돈 많고 힘 있는 친척을 둔 유대인들만 유럽에 남을 수 있었는데 나치가 추산한 바에 의하면 미국과 아르헨티나에 돈 많고 힘 있는 친척을 둔 유대인은 1만 명 정도로 이들은 특별한 강제 수용소에 수용될 예정이었고 대략 9백만 명의 유대인이 마다가스카르로 추방될 예정이었으며 그곳에 자치 정부를 둔 보호 구역이 마련되어 유대인은 자기들끼리만 살아가다가 점차 퇴보할 것이었는데 왜냐하면 그들은 자연의 품에서 쫓겨난 데다 유럽에서 얻을 수 있었던 아리안의 피를 공급받지 못해 결국은 멸종할 것이기 때문이었다. 유대인을 마다가스카르로 추방한다는 발상은 1905년에 빈의 해석학자가 쓴 책에 처음 나타났는데 이 학자는 구약 성서와 동물학을 연구해서 새로운 학문 분야를 발명해 내고 신적 동물학*teozoologie*이라 이름 붙였다. 그는 주장하기를 하느님은 존재하지 않으며 세상이 신들에 의해 창조되긴 했는데 그 신들은 인간과 같은 종으로 전기 신호를 전달하는 능력이 있고 텔레파시를 쓸 수 있고 죽지 않는 영적 존재였지만 시간이 흘러 사람과 동물 사이에 섞여 살기 시작하면서 명이 다하면 죽는 몸이 되었다고 했다. 그리고 그는 이 신들과 신적

유대인은 유대인끼리

신적 동물학

인간의 첫 세대에 가장 가까운 것은 아리안 인종으로 그들에게서는 아직 전기 전달 능력과 텔레파시 중성자를 발견할 수 있다고 말했고 그래서 유대인을 마다가스카르로 추방하고 독일에 번식 수도원Zuchtklöster을 설립하자고 제안했으니 여기서 독일인 여성들이 아리안 남성들의 씨를 받아 신적 인간을 재번식시키면 그들은 생각의 힘과 전기력을 이용하여 텔레파시로 의사소통을 하리라는 것이었다. 하지만 나치는 끝에 가서 마다가스카르 추방 계획에는 돈이 드는데 그 돈은 전쟁하는 데 써야 한다고 결론을 내리고 1942년 이제부터 가능한 모든 수단을 동원해서 유대인을 박멸하는 것을 최종 해결책으로 삼는다고 결정했다.

의사소통

사람들은 밀폐된 화물 열차에 실려 갔는데 여행하는 내내 차량은 닫혀 있었고 사람들은 화장실에 갈 수 없었고 누군가 죽으면 시신이 차량 안에 계속 있었다. 강제 수용소 중에서 어떤 곳은 노동 수용소였고 나머지는 아리아 인종에 위협이 되는 유대인을 박멸하는 곳이었다. 사람들이 죽음의 수용소에 도착하면 독일인들이 그들을 두세 그룹으로 나누었는데 남자와 여자를 따로 나누었고 가끔은 아이들도 따로 나누었으며 옷을 전부 벗으라고 명령하고 벗은 옷은 가져갔다. 이따금씩 독일인들은 새

아리아 인종

일꾼이나 통역이나 예쁘고 어린 하녀가 필요할 때 누군가를 골라서 데려가고 나머지는 가스실로 보냈다. 기차에서 내려서부터 가스실까지 남자들은 10분이 걸리고 여자들은 15분이 걸렸는데 왜냐하면 여자들은 머리카락이 더 길고 숱이 더 많아서 머리를 모두 밀어 버리는 데 시간을 더 많이 써야 했기 때문이다. 깎아 낸 머리카락은 매트리스 속을 채우거나 인형 가발을 만드는 데 쓰였고 열차 플랫폼에서 사람들이 난동을 일으키지 않도록 독일인들은 우선 목욕부터 하러 간다고 말하며 가끔은 사람들에게 표를 나눠 주고 목욕탕 매표소에 표를 내야 한다고도 했다. 그리고 주위를 둘러싼 건물에는 〈식당〉 〈매표소〉 〈전신국〉 등등의 단어가 쓰인 간판이 있었고 사람들은 겁을 먹으면서도 자기들이 기차역에 있으며 다른 어디론가 가게 될 것이고 옷을 벗고 머리를 삭발하는 것은 위생상의 이유로 필요한데 왜냐하면 독일인들은 위생에 매우 신경을 쓰기 때문이라고 생각했고 수용소 행정부는 머리카락 1백 킬로그램당 5라이히스마르크[16]씩을 정부로부터 받았다. 그리고 사람들은 목욕을 하고 나면 다른 수용소로 가서 일을 하게 될 것인데 왜냐하면 인간을 교정하기 위한 최선의 길은 힘든 노동이기 때문이라고 스스로 되뇌었다. 가스실로 들어갈 때 사람들은 팔

독일인들은 위생에 신경을 쓴다

16 *Reichsmark*. 1924년부터 1948년까지 독일에서 통용되었던 화폐.

을 머리 위로 들어 올렸는데 왜냐하면 더 많은 사람들이 들어올 자리를 만들기 위해서였고 마지막 순간에는 아이들이 한꺼번에 들어갔는데 왜냐하면 아이들은 작아서 어른만큼 자리를 많이 차지하지 않기 때문이었다. 이따금씩 젊은 여성 수감자들로 구성된 악단이 하얀 블라우스에 남색 치마를 입고 열차 플랫폼에 서서 오페라의 아리아를 연주하기도 했다.

20세기의 첫 인종 학살은 1915년 터키에서 일어났다. 정부는 콘스탄티노플에 거주하던 아르메니아인 6백 가구를 체포해서 쏘아 죽이고 터키 군대에서 복무하던 아르메니아계 병사들을 무장 해제시킨 다음 쏘아 죽였다. 그리고 모든 아르메니아인들은 24시간 혹은 48시간 안에 살던 도시나 마을을 떠나라는 명령을 받았는데 터키 군대는 도시 입구를 점령하고 있다가 사람들이 나갈 때 남자를 전부 쏘아 죽이고 여자와 아이들을 전부 메소포타미아 사막 지역으로 유배 보냈다. 그리고 여자와 아이들은 음식 없이 3백 킬로미터에서 5백 킬로미터 정도를 걸어가야 했고 대부분 죽었다. 그리고 프랑스와 영국과 러시아가 항의문을 보냈는데 여기서 역사상 처음으로 인류에 대한 범죄가 언급되었다. 그리고 당시 터키 군대에서 교관으로 복무하던 어떤 독일인 장교는 아르메니아인 학살에 대한 사진 예순여섯 장을 독일로 가져가 독일 황제에게 보내며 편지에다가 독일은 동맹국을 좀 더 조심스럽게 선별해야 하는데 왜냐하면 터키의 수치스러운 행태가 독일에도 망신이 되기 때문이라고 썼다. 그리고 1928년부터 1949년까지 러시아인들은 의심스러운 국적을 가진 사람들 그러니까 아르메니아인과 타타르인[17]과 리투아니아인과 에스토니아인과 우크라이나인과 폴란드인과 독일인과 몰도바인과 그리스인과 한국인과 칼미크인[18]과 쿠르드인[19]과 인구시인[20] 등등 6백 만 명을 추방했다. 그리고 그중 30퍼센트는 추방 중에 죽었고 20퍼센트는 이후 1년 안에 죽었다. 나중에 공산주의자들은 이것은 추방이 아니라 지리학적 공간의 최적화이자 새로운 초국적 사회로 가는 첫걸음으로 그 사회에서는 누가 어디에 사느냐가 아니라 공공의 이익을 위해 얼마나 열심히 일하느냐가 더 중요하게 될 거라고 말했다. 그리고 1934년 그들은 유대인 보호 구역을 발명해 내고 소비에트의 모든 유대인들에게 그곳으로 옮겨 가라고 권유했다.

수치스러운 행태가 망신스럽다

17 Tatar. 몽골 계통 유목 민족의 이름.

18 Kalmyk. 몽골 서부에 거주하는 오이라트족 중에서 러시아로 옮겨 간 사람들을 뜻하는 이름.

19 Kurd. 이란 계통의 소수 민족으로 이란, 이라크, 시리아, 터키에 걸쳐 거주한다.

20 Ingush. 캅카스 산맥 북쪽의 소수 민족. 현재 러시아 연방 내 인구셰티야 공화국 사람들.

하바롭스크의 유대인

보호 구역은 중국 국경에 인접한 하바롭스크Khabarovsk 지역에 위치하며 겨울에는 기온이 영하 40도까지 떨어지는 곳이었는데 공산주의자들은 이곳이 보호 구역이 아니라 자치 지역이니 유대인들은 이곳에서 자기들끼리 살며 자기들의 자치 정부를 가질 수 있을 거라고 말했다. 그리고 1944년 그들은 체첸인 47만 7천 명을 1만 2525대의 가축 수송 트럭에 실어 카자흐스탄과 키르기스스탄으로 추방했는데 그때 체첸인 19만 명이 그리로 가던 도중에 굶주림과 추위 때문에 죽었고 1999년 공산주의자들은 의심스러운 체첸인들을 두기 위해 임시 이주 수용소라 불리는 특별 수용소를 발명해 냈다. 그리고 1948년에는 유대계 혈통의 기자와 의사와 엔지니어들 대부분이 사해동포주의[21]와 시오니즘[22]과 부르주아적 사고방식에 물들었다는 혐의를 받아 살해당했으며 나머지 사람들은 강제 수용소로 보내졌다. 아르메니아인 학살의 피해자 수는 대략 1백만에서 150만으로 추정되지만 터키인들은 아르메니아인 학살이 진짜 인종 학살은 아니라고 말했으며 대부분의 유대인들이 동의했다.

21 *cosmopolitanism*. 모든 인종은 공통의 도덕성에 바탕을 둔 하나의 공동체에 속한다는 세계 시민 사상.

22 *Zionism*. 성경에 기록된 위치대로 이스라엘이 재건되어야 하며 이 역사적·지리적 위치를 중심으로 유대 문화가 유지되고 계승되어야 한다는 유대 민족주의 사상.

사이언톨로지 신자들은 인간이 근본적으로 선한 것은 사실이나 어떤 사람은 다른 사람보다 좀 더 낫다고 말하며 인류를 네 개의 큰 그룹으로 나누었다. 가장 좋은 사람은 사이언톨로지 신자들이었는데 왜냐하면 다른 사람이 모르는 것을 알고 있기 때문이었다. 두 번째 그룹에는 아직 빛을 보지 못한 인류의 대부분이 속했고 인류의 5분의 1은 〈잠재적 문제의 원천〉이라 알려진 사람들로 사이언톨로지 신자들의 말에 따르면 이들은 미친 사람들이었고 인류의 2.5퍼센트는 〈억압적 인물들〉로 진실을 억압하며 인류 해방을 방해하려는 자들이었다. 그리고 사이언톨로지 신자들은 이런 자들을 폭로하는 일흔두 가지 방법을 발명해 냈는데 이는 구세계의 영적인 변혁이 이루어지는 순간에 이들이 다른 사람들과 섞이지 못하게 하기 위함이었다. 사이언톨로지 신자들은 특별한 안보 부대도 발명해 냈으니 그 부대는 인류 해방을 원하지 않는 사람들을 폭로하기 위해 10억 년에 걸친 기간 동안 봉사하기로 계약한 사람들로 구성되어 있었다. 사이언톨로지 신자들은 인류가 조만간 해방될 것이지만 어쩌면 시간이 좀 더 걸릴 수도 있다고 말했다. 그리고 그들은 인간이 지상에서 사는 동안 자아 계몽을 이룩할 수 있으며 그렇게 해서 영성과 불멸성으로의 귀환을 이루어 낼 수 있지만 무엇보다 먼저 물질과 시간의 족쇄에서

구세계의 변혁

영성으로의 귀환

벗어나야만 한다고 말했다. 족쇄에서 벗어난 사람은 시간을 거슬러 7천5백만 년 전까지 여행할 수 있으며 그 기간 동안 자기가 겪은 모든 트라우마를 이해할 수 있다는 것이었다. 사람들이 에너지를 잃게 된 것은 그 트라우마 탓이었다. 잃어버린 에너지를 찾고 싶다면 무엇보다 먼저 인간으로서 기억의 흔적들을 간직한 엔그램*engram*을 지워야만 했다. 엔그램을 지우고 나면 기억과 인간으로서의 운명을 벗어 버릴 수 있고 시간을 여행하며 자아 계몽을 이루어 낼 수 있을 것이었다.

불임 시술을 받는 사람들

결함이 있는 인간이나 반사회적 분자들에 대한 불임 시술 법안이 처음 제정된 것은 1907년 미국에서였다. 이 법은 강력 범죄자와 정신병자의 불임 시술을 허용했고 1914년 정신과 의사들의 주장에 따라 상습 절도범과 알코올 중독자에게로 확대되었으며 1923년 미주리에서는 흑인과 인디언 혈통의 닭 도둑에게까지 확대되었는데 왜냐하면 백인 혈통의 닭 도둑들은 사회로 돌아가 열심히 일하면서 개심하고 계속 살아갈 수 있을 거라는 의견이 지배적이었기 때문이다. 그리고 1929년 스위스와 덴마크에서 불임 시술법이 제정되었고 1934년에는 노르웨이에서 1935년에는 핀란드와 스웨덴에서 제정되었는데 스웨덴에서는 이 법이 1975년까지 유효했으며 스웨덴 남자 1만 3810명과 스웨덴 여자 4만 8955명이 법원의 명령에 따라 불임이 되었다. 가톨릭을 믿는 국가들에는 우생학법이 존재하지 않았으니 왜냐하면 가톨릭 신자들은 진화론과 불임 시술과 낙태를 반대했기 때문인데 이들은 인간이 하느님에게서 받은 것을 다른 인간이 빼앗아 갈 권리는 그 누구에게도 없다고 말했고 반면에 개신교 신자들은 사고방식은 진화하는 것이며 진보를 거부하는 가톨릭 신자들의 본성이야 이미 4백 년 전부터 이어져 온 것이라고 말했다. 공산주의 국가에서 결함 있는 개인에게 불임 시술을 하려면 그냥 의사의 추천만 있으면 되었고 유고슬라비아와 루마니아와 체코슬로바키아에서 알바니아인 여성과 집시 여성들도 비밀리에 불임이 되었는데 왜냐하면 이들 정부가 사회주의 진영에 있는 알바니아인과 집시들의 숫자가 지나치게 늘어났다고 결론지었기 때문이다. 독일에서는 1933년 나치가 권력을 잡으면서 불임 시술법이 제정되었으며 가장 먼저 불임 시술을 받은 것은 〈라인란트 사생아*Rheinlandsbastarde*〉로 알려진 어린이들로 이들은 독일인 어머니와 당시 라인란트를 점령한 프랑스 군대에 속한 흑인 아버지를 둔 아이들이었다. 그리고 불임 시술을 받은 514명의 라인란트 사생아들은 정신 병원으로 보내졌으며 라인란트 사생아의 어머니들은 이적 행위와 독일 국가 전복을 꾀

사생아

한 혐의로 기소되어 라벤스브뤼크[23]로 보내졌다. 라벤스브뤼크 강제 수용소는 여성들만 수감하는 특별 강제 수용소였는데 나중에는 국가 전복을 꾀했다는 혐의를 받은 여자들과 함께 전쟁 포로나 독일 공장 혹은 농장에서 일하는 점령 국가 출신 노동자들도 이 수용소로 보내졌으며 9만 2350명의 여자들이 라벤스브뤼크에서 죽었다. 그리고 다하우[24]에는 저압 실험실이 제공되어 여기서 의사들은 어린이 간질 환자의 행동을 연구하여 유전성 간질과 비유전성 간질의 차이점을 밝혀내려 했다. 그리고 1910년 미국인들은 우생학 위원회를 만들어 냈고 1922년 미국 위원회 위원장은 건전하고 적합한 사회를 유지하기 위해 불임 시술을 받아야 할 사회 부적응 시민 명단을 미국 정부에 보냈다. 명단은 다양한 사회적 혹은 의학적 기준에 따라 열 개 그룹으로 분류되었는데 여기에는 사회에 의존하는 시민들과 확정된 주소가 없거나 충분한 수입이 없는 시민들과 유전적 결함이나 만성 혹은 전염성 질병에 시달리는 시민들과 시력이 매우 나쁘거나 청력에 심한 결함이 있는 시민들과 떠돌이와 미치광이와 사이코패스와 범죄자와 매춘부와 동성애자와 매독 환자

독일 국가 전복

사회 부적응 시민

23 Ravensbrück. 제2차 세계 대전 당시 독일 북부에 있었던 여성 강제 수용소.

24 Dachau. 독일 본토에 세워진 첫 강제 수용소. 1933년부터 1945년까지 운영되었다.

와 알코올 중독자와 약물 중독자와 폐병 환자와 간질병 환자가 포함되었다. 의사들은 또한 빈에 있는 수용소 행정부로부터 의뢰를 받아 사람의 간질과 토끼의 간질에 차이가 있는지도 조사했다. 한편 빈에서는 해부학 연구소와 의학부 교수진을 위해서 마우트하우젠[25]에 시신을 주문하기도 했다. 시신은 죽은 지 얼마 안 되고 손상이 없는 것으로 해부학 연구소에서는 1년에 평균 460구의 시신을 주문했고 그 대부분은 해부학 수업 시간에 해부하는 데 사용되었다. 그리고 전쟁이 끝난 뒤 노르웨이에서는 미혼모 가운데 아이 아버지가 독일군인 경우 아이를 정신 병원으로 보냈다. 그리고 많은 생물학자와 유전학자와 정신과 의사와 인류학자들은 우생학이야말로 전기와 더불어 인류에 대한 현대 과학의 가장 위대한 공헌이며 전기가 사람들의 물질적인 환경을 변화시키고 세상이 새로운 시대에 들어설 수 있게 해주었듯이 우생학도 사회의 생물학적 기반을 급진적으로 변화시키고 세상이 새로운 시대에 들어설 수 있게 해줄 거라고 믿었다.

해부학 수업

그러나 몇몇 우생학자들은 불임 시술이 아무 소용도 없고 미치광이와 사이코패스의 숫자를 0.9퍼센트 줄이려면 스물두 세대가 지나야 하며 사회에서 미치광이와 사

불임 시술은 아무 소용 없다

25 Mauthausen. 오스트리아 북부 린츠Linz 시 근방 마우트하우젠에 있었던 강제 수용소들의 통칭.

이코패스의 비율이 10만 명당 한 명꼴로 안정되려면 그 뒤로도 90세대가 더 지나야 할 거라고 계산했다. 그리고 그들은 인류를 더 건강하게 만들기 위해서는 더 빠른 방법을 찾아내야 한다고 말했다.

여성 해방과 피임 도구와 탐폰과 일회용 기저귀의 발명으로 유럽에는 아이들의 숫자가 적어졌지만 장난감과 유치원과 미끄럼틀과 정글짐과 개와 햄스터 등등은 더 많아졌다. 사회학자들은 아이가 가족의 중심이 되었고 또한 점차 가장 중요한 요소가 되어 간다고 말했다. 그리고 아이들은 스스로 독립적이기를 원했고 자기의 고유한 정체성을 원했으며 자기보다 나이 많은 형제에게 물려받은 모자를 쓰거나 물려받은 신발을 신는 것을 싫어했고 언제나 새 모자와 새 신발과 새 색연필과 새 집짓기 장난감과 새 곰돌이와 새 인형을 원했다. 20세기 유럽 국가들에서는 19세기에 비해 1만 2천5백 배나 더 많은 인형이 생산되었으며 이런 인형은 나무나 톱밥 대신 플라스틱으로 만들어졌는데 시간이 지나면서 인형은 울먹거리거나 말하는 법을 배웠고 더 독립적이 되었으며 예를 들면 〈안녕〉이나 〈맛있게 드세요〉라고 말하기도 했고 어떤 인형은 울거나 밥을 먹은 후 트림을 하거나 아리아의 일부를 노래하기도 했다. 가장 유명한 인형은

아이들이 독립적이기를 원하다

바비Barbie라고 불렸는데 1959년 처음 생산되었다. 키는 30센티미터였고 가슴과 엉덩이가 크고 허리가 가늘고 처음으로 어른처럼 행동하는 인형이었다. 곧 바비는 말도 하기 시작해서 〈나는 오늘 저녁에 남자 친구와 데이트 약속이 있어〉 혹은 〈춤추러 갈 때 무슨 옷을 입지?〉 혹은 〈나랑 같이 옷 쇼핑 갈래요?〉라고 했다. 처음에 바비는 발레리나 혹은 여배우 혹은 모델 같은 차림새였고 그 뒤에는 승무원이나 선생님이나 수의사나 사업가나 우주 비행사나 대통령 후보의 모습이 되었다. 그리고 1986년에는 바비 인형이 강제 수용소의 줄무늬 제복에 줄무늬 베레모를 쓰고 나타났다. 여러 강제 수용소 피해자 단체들은 피해자의 고통과 희생자의 기억을 모독하는 짓이라며 항의했고 생산자들은 오히려 이것이 어린 세대에게 강제 수용소의 고통을 알려 주는 적절한 방법이며 줄무늬 제복을 입은 인형을 구입한 어린 소녀들은 그 인형과 자신을 동일시해서 나중에 자라나면 세상에 어떤 고통이 존재했는지 더 쉽게 이해할 거라고 반박했다. 그리고 1998년 독일인들은 베를린에 홀로코스트 피해자를 위한 커다란 기념비를 세우자는 생각을 했고 이 기념비는 먼 곳에서도 보이도록 할 것이었는데 왜냐하면 기념비의 기능이란 가장 긍정적인 역사적 사건들을 기념하는 것 외에도 미래 세대를 향한 경고가 될 수

단체들이 항의하다

세대를 향한 경고

있어야 하기 때문이었다. 어떤 사람들은 홀로코스트가 모든 미학적 원칙을 위반하기 때문에 예술 작품은 홀로코스트를 표현하는 적절한 방식이 아니라고 생각했고 다른 사람들은 홀로코스트의 표현 불가능성 그 자체를 표현하는 것이야말로 이상적인 방식이리라 결론지었다. 그리고 495명의 예술가들이 미래 세대에게 보낼 경고를 표현하기 위한 여러 제안들을 보내왔는데 그중 어떤 예술가는 가운데 축을 중심으로 회전하는 여덟 가지 색깔의 커다란 육각 별 모양을 만들어 내자고 제안했고 어떤 사람은 거대한 대관람차를 세운 다음 각각의 관람차 대신 사람들을 강제 수용소로 수송했던 화물 열차 차량을 걸어 놓자고 제안했으며 어떤 사람은 버스 정류장을 지어 빨간 버스 여러 대를 세우고 버스 시간표에는 종착점을 강제 수용소 이름으로 표시해 놓자고 제안했고 어떤 사람은 철제 기둥 서른아홉 개를 세우고 거기에 여러 언어로 〈WARUM?〉 〈WAAROM?〉 〈VARFØR?〉 〈WHY?〉 〈PROČ?〉 〈POURQUOI?〉 〈PERCHÉ?〉 〈DLACZEGO?〉 〈CÚR?〉 〈KUIDAS?〉 〈MIKSI?〉 〈MIÉRT?〉 〈ZAKAJ?〉 〈KODĖL?〉 〈HVORFOR?〉 〈JIATÍ?〉 〈PSE?〉 〈NIÇIN?〉[26] 등등을 써놓자고 제안했다. 어떤 사람들은 기념비가 홀로코스트뿐 아니라 가능한 한 모든 인종 학살의 희생자

거대한 대관람차

26 〈왜?〉를 뜻하는 말. 영어 및 유럽 각국의 언어로 나열했다.

들을 위한 것이어야 한다는 의견을 내놓았는데 왜냐하면 그렇게 해야만 살아 있는 역사의 기억을 담을 것이며 그렇게 하지 않으면 그것은 그저 철이나 무쇠 덩어리에 불과한 것으로 20년쯤 지나면 누구에게도 아무 의미도 없게 되리라는 얘기였다. 그리고 어떤 역사학자들은 기념비를 세우는 것에 문제가 있는데 왜냐하면 어떤 사건의 기억을 보존하는 것만으로 그 사건이 되풀이되지 않는다는 보장은 없기 때문이라며 기억의 보존이 새로운 갈등과 전쟁으로 이어졌던 여러 가지 예를 제시하기도 했다.

홀로코스트에서 살아남은 유대인들은 기념비나 박물관 등등도 중요하지만 가장 좋은 것은 직접적인 증언이라고 말했고 그래서 여러 학교에 찾아가 학생들에게 자기가 어떤 일을 겪었는지 이야기했다. 그리고 그들은 자기가 죽은 뒤에 홀로코스트의 기억을 어떻게 보존할 것인지 궁리했고 스웨덴의 유대인 강제 수용소 피해자 협회에서는 젊은 사람에게 기억을 전달하면 그 사람이 내용을 외운 뒤 학교를 방문하여 학생들에게 자신이 이러저러한 일을 겪은 사람을 알고 있었다고 이야기하게 하는 방법을 권장했다. 그리고 그 젊은 사람들도 죽기 전에 또 다른 젊은 사람에게 증언을 전달해 주면 계속 그렇게

팔레스타인의 유대인들

이어질 것이었다. 그리고 1945년 유대인들은 팔레스타인에 이스라엘 국가를 건설하여 더 이상 또 다른 홀로코스트를 두려워하지 않고 자기들끼리 살 수 있도록 해달라고 여론에 공개적으로 호소했다. 유대인들은 아랍인들과 싸웠고 당시 팔레스타인을 점령하고 있던 영국인들과 싸웠으며 암살과 불법적인 이주 작전을 계획했다. 그래서 1939년 영국인들은 영국으로 들어오는 유대인 이주민의 숫자를 75퍼센트 감축하는 이주민 할당 법령을 선포했고 유대인들이 토지를 살 수 없게 금지하는 법안을 제정했다. 그리고 1947년 독일을 탈출한 불법 유대인 이주민들을 실은 배가 팔레스타인에 정박하자 영국인들은 그 배를 도로 돌려보냈다. 그리고 1938년 스웨덴 정부는 독일 당국에 유대인들의 여권에 커다란 대문자 J를 넣어 스웨덴 국경 경찰이 유대인처럼 보이지 않는 유대인을 알아볼 수 있게 해달라고 요청했다. 팔레스타인에 정박했던 배에는 구약 성서의 「출애굽기」를 본떠 엑소더스Exodus호라는 이름이 붙었는데 그 안에는 홀로코스트에서 살아남아 약속의 땅으로 돌아가려는 유대인 4천 5백 명이 타고 있었다. 그리고 11월 UN 회원국들은 이스라엘 국가 건설에 찬성표를 던졌다. 그러자 많은 사람들이 새로운 국가가 건설되는 모습을 보기 위해 유럽에서 이스라엘로 여행했다. 그리고 유럽에서 온 젊은 사람들은 키부침[27]으로 알려진 유대식 농업 공동체에 일하러 갔는데 이곳에서는 모든 사람이 공공의 이익을 위해 일했다. 그리고 모든 것을 공동으로 소유하고 모든 것을 나누었으며 모두 함께 노래를 불렀다. 그리고 이스라엘 여행사들은 예루살렘의 지평선 위로 떠오르는 태양을 바라보는 젊은이들의 진지한 모습을 담은 포스터를 만들었는데 그 아래쪽에는 〈우리의 고통은 헛되지 않았다〉 그리고 〈할인 가격에 이용하세요〉라고 적혀 있었다.

모든 것이 공동의 소유

성(性)과학자들은 바비 인형이 어린 소녀들에게 여성적 정체성을 주입시키는 첫 번째 도구이며 인형의 인기가 높은 것은 아동에게 성적 특질이 존재한다는 사실을 증명한다고 말했다. 20세기에는 많은 사람들이 아동기의 성에 대해 이야기했는데 이것은 어린 여자아이가 자기 아빠와의 사이에서 아기를 갖고 싶어한다는 사실이 밝혀졌기 때문이고 여기서 아빠는 사실 남성 성기의 대체물로 꼬마 소녀들은 남성 성기도 갖고 싶어 하며 인형은 아버지가 소녀들에게 준 아이이자 동시에 남성 성기와도 같다는 것이었다. 오랫동안 인형은 꼬마 소녀의 모습으로 만들어졌지만 나중에는 꼬마 소년 인형도 만들어지기 시작했으며 꼬마 소녀 인형은 다리 사이에 홈이 있

27 *kibbutzim*. 키부츠, 이스라엘식 집단 농장.

었고 꼬마 소년 인형들에는 작은 남성 성기가 달려 있었다. 그리고 1970년대에 검은색이나 갈색 피부의 인형이 만들어지기 시작했는데 이들을 사간 것은 대부분 백인 부모들로 자기가 인종 차별주의자가 아니라는 사실을 아이들에게 보여 주고 싶어서였다. 인종 차별주의는 19세기부터 내려온 것으로 각 인종마다 불변의 특징을 가지며 서로 다른 발달 단계에 놓여 있고 그중 가장 발달한 백인종은 사회 조직과 추상적 사고와 즐거운 오락에 대한 본능적인 감각을 가지고 있다는 이론이었으며 인종 차별주의자란 인종 간의 혼합이 백인종의 특별한 특성들을 위협하고 인류의 최전방에서 끊임없는 발전의 원동력을 공급하는 백인종의 유전적 잠재력을 갉아먹을까 두려워하는 사람이었다. 유대인을 싫어하는 사람들은 인종 차별주의자가 아니라 반(反)유대주의자였는데 왜냐하면 유대인들은 엄밀히 말해 흑인이나 인디언이나 집시처럼 열등하다고 간주되는 것이 아니라 자연적인 이상 현상으로 여겨졌기 때문이다. 〈반유대주의자〉라는 단어는 19세기 말에 등장한 것으로 유대인들이 세상을 지배하는 것을 원치 않아서 동료 시민들에게 저항하라고 외치는 사람을 의미했다. 제2차 세계 대전이 끝난 뒤 규모가 큰 소수 인종 집단이 부유한 유럽 국가에 정착하면서 인종 차별주의는 중요한 사회 문제가 되었는데 왜냐

인형에 성기가 달리다

저항을 외치다

하면 사회에서 그들을 흡수하지 않을 수 없었기 때문이다. 소수 인종을 흡수하는 데는 통합과 동화라는 두 가지 방식이 존재했으니 통합은 다양한 문화 형태들이 시민 사회 안에 공존할 수 있으며 그런 문화 형태들을 서로 섞지 않고 각각의 고유한 특성을 보존하는 것이 좋다고 믿는 나라들에서 채택되었으며 동화는 보편주의를 믿고 고유한 인종적 특성이나 문화적 특성에 선행하는 더 높은 사회적 이해관계가 존재한다는 의견을 가진 나라들에서 채택되었다. 아주 오랫동안 동화 쪽이 더 성공적인 방식인 것처럼 보였고 왜냐하면 그 방식을 채택한 국가들에서는 영국이나 미국 등지에서 일어난 인종 폭동이 발생하지 않아서였지만 20세기 말에 사람들이 세계화에 대해 말하기 시작하면서 보편주의는 유행이 지나 버렸고 모두가 자기만의 고유한 정체성을 가지고 자기가 속한 인종을 자랑스러워하고 싶어 했는데 이것은 인종이라는 측면보다는 문명이라는 관점에서 그러했다. 그리고 모두가 전통과 조화를 이루거나 자신들의 뿌리로 돌아가거나 그런 등등의 것들을 원하게 되었다.

보편주의의 유행이 끝나다

20세기 유럽에서 섹스는 매우 중요한 것이 되어 종교보다 더 중요해졌고 거의 돈만큼 중요해졌으며 모두가 다른 방식으로 성관계를 하기를 원했고 어떤 남자들은 발기를 오래 지속시키기 위해 성기에 코카인을 문지르기도 했는데 코카인은 어떤 상황에서도 금지되어 있었지만 그래도 그렇게 했다. 그리고 제2차 세계 대전이 끝난 뒤 영화에는 주인공들이 성관계를 갖는 장면이 들어가기 시작했는데 이것은 이전에는 부적절하다고 여겨졌던 것으로 왜냐하면 많은 사람들이 여전히 하느님을 믿었기 때문에 성관계는 단지 침대나 시계나 하늘을 잠깐 비추거나 갑자기 화면이 깜깜해지는 방식으로 암시만 했던 것이다. 그리고 여자들은 언제나 오르가슴을 느끼기를 원했는데 그 때문에 남자들은 불안해져서 발기에 문제가 생겼고 그래서 여러 가지 최음제를 시도해 보고 도대체 뭐가 문제인지 이를테면 스스로 의식하지 못하는 어린 시절의 트라우마가 있는지 등등을 발견하기 위해 정신 분석을 받으러 다녔다. 정신 분석은 1900년 빈의 신경 과학자가 발명한 것으로 그는 심리 작용을 연구하고 무의식을 통해 대상을 분석하고자 하다가 결국 신경증과 히스테리와 기타 등등은 어린 시절에 겪은 성적 트라우마의 징후라는 결론에 도달하여 이런 목적을 위해 새로운 치료법과 반복 강박과 퇴행과 억압과 자아와 초자아와 리비도와 콤플렉스 등의 개념을 만들어 냈는데 그 콤플렉스란 오이디푸스 콤플렉스 아니면 거세 콤플렉스였다. 그리고 1938년 그는 나치를 피해 런던으로 갔고

발기에 문제가 생기다

반복 강박

그의 누이 네 명은 강제 수용소에서 죽었다. 그리고 환자들은 자기가 왜 우울한지 왜 신경증에 걸렸는지 알고 나면 즉시 마음이 편해졌는데 왜냐하면 그것은 정상이었기 때문이다. 공산주의자들은 말하기를 공산주의 사회에서 사는 사람들에게는 섹스가 필요 없는데 왜냐하면 사람들의 가장 큰 행복은 완수된 노동이기 때문이며 그에 비해 자본주의 체제에서 사람들은 일에서 즐거움을 얻지 못하는데 왜냐하면 착취당하기 때문이고 그러므로 여러 가지 대체물에 의존하는 거라고 했다. 그리고 그들은 계급 의식 없이는 섹스를 끝없이 되풀이한다 하더라도 만족감을 얻을 수 없다고 말했고 사람들이 정신 분석을 받고 대체물에 의존하면 사회주의 진영의 결속력이 위협받게 되지 않을까 두려워했다. 그리고 공산주의자들은 사람들이 퇴폐적인 책을 읽거나 화려한 옷을 입거나 특이한 머리 모양을 하거나 껌을 씹는 것 등등을 원치 않았다. 껌은 미국 약사가 발명했고 유럽에서는 1903년에 처음 팔렸지만 널리 퍼지게 된 것은 1950년대와 1960년대였다. 껌은 주로 젊은 사람들이 씹었는데 사회에 대한 자신들의 태도를 표현하기 위해서이기도 했고 그들에겐 아직 입안에 충치를 때운 충전재도 없었기 때문이다.

사회주의
진영의 결속력

1950년대 영화에서 주인공들은 보통 옥수수밭에서 성

관계를 가졌는데 왜냐하면 옥수수밭은 젊음과 젊은 주인공들을 기다리는 새로운 삶을 표현할 뿐 아니라 지평선 너머 해가 천천히 넘어갈 무렵에는 잘 여문 옥수숫대가 바람에 물결치며 여자들의 가슴도 부풀어 올랐기 때문이고 1960년대 영화에서 주인공들은 밀려오는 파도를 맞으며 바닷가에서 성관계를 했는데 왜냐하면 그것은 낭만적일 뿐 아니라 모래가 피부에 달라붙기도 하고 주인공들의 엉덩이도 보였고 수평선 너머 해가 천천히 넘어갈 무렵에는 수면 위에 안개도 깔렸기 때문이다. 1960년대에는 또한 첫 포르노 영화가 만들어지기도 했는데 여기서 사람들은 온갖 장소에서 거의 쉬지 않고 성관계를 가졌다. 그리고 젊은 여성들을 위한 잡지에서 경험 많은 여성 편집자들은 펠라티오를 어떻게 하는 것인지 등등을 설명했다. 그리고 젊은 남성들을 위한 잡지에서 경험 많은 남성 편집자들은 어떻게 하면 조루를 피할 수 있으며 눈에 띄지 않게 콘돔을 착용할 수 있는지 설명했다. 그리고 광고 대행사들은 콘돔 광고를 만들고 젊은 시청자들을 사로잡을 방법을 궁리했는데 어떤 광고 대행사에서는 여러 동화의 주인공들 예를 들어 백설공주나 신데렐라나 당나귀 가죽[28]이나 셰에라자드[29] 등이 성

옥수숫대가 바람에 물결치다

젊은 시청자들을 사로잡다

28 Peau d'Âne. 17세기 프랑스의 동화 작가 샤를 페로Charles Perrault가 쓴 동화의 제목.

관계를 하는 광고를 만들어 냈다. 그리고 예술 영화에도 성관계가 점점 더 많이 등장했지만 평론가들은 그것이 있는 그대로의 성관계가 아니라 성관계의 표현이기 때문에 뭔가 다른 거라고 말했다. 그리고 어떤 예술 영화에 성관계가 많이 나오면 그것이 사랑에 대한 우리의 곤충학적인 접근을 묘사한 것이며 이를 통해 우리는 성관계가 인류학적이고 문화적이고 정치적인 맥락에서 수행하는 역할뿐 아니라 인간의 삶에 작용하는 역할에 대해서도 좀 더 효율적으로 숙고해 볼 수 있기 때문에 다 괜찮다고 했다. 1970년대에 영화 주인공들은 대부분 차 안에서 몇 번씩 성관계를 가졌는데 왜냐하면 그것은 독창적일 뿐 아니라 삶의 속도가 계속 빨라지는 터였고 차를 갖지 못한 젊은 관객들로 하여금 다가올 인생에 어떤 일이 기다리고 있을지에 대해 상상할 여지를 줄 수 있었기 때문이다. 그리고 남자들이 아래 눕고 여자들이 그 위에 올라타는 경우가 많아졌는데 왜냐하면 여자들은 이제 해방되었기 때문이다. 그리고 1980년대에는 전화 섹스가 시작되었으니 남자들은 특정한 번호로 전화해서 여자들이 수화기에 대고 〈나 젖고 있어〉 혹은 〈거기 확 넣어 줘〉 혹은 〈나 먹어 봐도 돼?〉 등등을 말하는 것을 듣

삶의 속도가 빨라지다

29 Scheherazade. 『천일야화*Les mille et une nuit*』에 나오는 술탄의 왕비. 밤마다 재미있는 이야기를 들려주어 목숨을 보전했다.

곤 했다.

정신 분석은 1960년대와 1970년대 서유럽에서 널리 퍼졌는데 아프지는 않지만 자신이 무기력하고 버림받았다고 느끼며 뭔가 트라우마를 입은 것이 아닌지 알고 싶어 하는 사람들이 정신과 상담을 받으러 갔다. 그리고 환자들은 부끄러움을 극복하고 긴장을 풀고 나면 정신 분석가에게 어린 시절에 대해 이야기했고 그것은 전이(轉移)라고 불렸는데 왜냐하면 그들이 궁극적으로는 그동안 기억에서 무시하며 지워 버렸던 어떤 것을 회상하곤 했기 때문이고 어떤 일이 기억에서 그냥 지나갈 수는 있어도 그 기억은 어딘가에서 살아남기 마련이니 환자가 정신 분석가에게 언어적인 실마리를 주면 정신 분석가는 그 실마리를 따라가 트라우마의 근원을 발견할 수 있었다. 어떤 어린 소년이나 어린 소녀가 도덕성에 어긋나는 충동을 느끼면 억압이 나타나 그 충동을 무의식 속으로 떨쳐내 버리지만 그렇게 자라서 어른이 되면 예를 들어 이상한 꿈을 꾼다거나 하게 되는데 그것이 바로 트라우마가 있다는 뜻이었다. 그리고 오이디푸스 콤플렉스라는 게 있었으니 오이디푸스 콤플렉스란 어린 소녀나 어린 소년이 그런 일이 허락되지 않는다는 사실을 매우 잘 알면서도 아버지와 성관계를 갖기 위해 자기 어머니를

억압

죽이기를 원하거나 어머니와 성관계를 갖기 위해 아버지를 죽이기를 원한다는 것이었다. 오이디푸스 콤플렉스에 대해서는 전문가들 사이에 논쟁이 분분했는데 왜냐하면 어떤 사람들은 그것이 보편적인 현상이라고 생각했고 반면 다른 사람들은 특정한 문화권 그러니까 빈 등지에서만 나타난다고 생각했기 때문이다. 그리고 1918년 부다페스트에서 정신 분석 및 전쟁 시기 정신 분석의 역할에 대한 학회가 열렸고 여기서 대부분의 정신과 의사들은 전쟁 시기의 신경증이 평화 시기의 신경증과 똑같은 원인으로 일어난다는 견해에 동의했다. 그리고 어떤 정신과 의사들은 전기 충격으로 신경증을 치료하자고 제안하고 병사들이 스스로 완전히 회복되었다고 선언할 때까지 계속 전기 충격으로 치료했다. 그러나 다른 정신과 의사들은 여기에 동의하지 않았고 전기 충격은 그저 트라우마를 무의식 안쪽으로 더 깊이 밀어 넣기만 할 뿐 실제로 트라우마를 치유하지는 못한다고 말했다. 그리고 다른 사람들은 병사들이 전쟁 동안에 가짜로 트라우마를 연기한다고 말했는데 그러는 이유는 정신 병원에서 다른 미치광이들과 함께 돈이나 담배를 걸고 카드놀이를 하면서 시간을 보내기 위해서라는 것이었다.

논쟁이 분분하다

병사들이 트라우마를 연기하다

제1차 세계 대전 동안 인도주의 단체와 자선 단체의 숫자가 크게 늘었는데 왜냐하면 제1차 세계 대전은 여러 가지 측면에서 혁신적이었기 때문이고 그뿐 아니라 전쟁 참가국들은 전보다 강한 화력과 살상 수단을 가지고 있었으며 의무 복무 제도 덕분에 전쟁에 병사들도 많이 내보낼 수 있었고 장거리 대포와 비행선과 비행기들 덕분에 적의 전선 후방에서 민간인에 대한 군사 작전을 효율적으로 수행하여 적들의 사기를 꺾을 수 있었다. 그리고 1905년 열두 개 국가들이 부상병은 어느 편에 속하든지 보호하기로 약속한다는 선언문에 조인을 했는데 왜냐하면 병사는 그저 어떤 국가라는 것의 구성원에 그치는 것이 아니라 동시에 개인이라는 존재이기도 했기 때문이다. 여기에 동의하지 않는 몇몇 장군들은 존재를 개인주의적으로 해석하면 안 된다고 경고하면서 병사는 조국의 아들이니까 조국의 명령에 복종해야 한다고 말했다. 평화주의자와 인본주의자들은 반대로 개인은 조국이 아니라 인류에 충성해야 한다고 말했지만 몇몇 인본주의자들은 조국도 위협을 받는 경우에는 인류를 대표하는 상징이 될 수 있다고 생각했다. 그리고 1929년에는 여러 국가들이 전쟁 포로를 공정하게 대할 것이며 전쟁 포로들도 가족과 아내와 자선 단체와 인도주의 단체에서 보내는 편지와 소포를 받을 수 있을 거라고 약속하는 선언문에 조인을 했다. 그리고 1941년 소비에트 정부는 그

병사는 개인이다

어떤 인도주의 단체도 소비에트 전쟁 포로들을 돕거나 편지와 소포를 받을 수 있도록 지원하는 것을 원치 않는다는 선언문을 발표했고 소비에트 장군들은 소비에트 병사라면 포로로 잡히느니 죽는 쪽을 택했을 것이므로 그 포로들은 사실 탈영병이며 소비에트 병사를 사칭하고 있을 뿐이라고 말했다. 인도주의 단체들은 구급약을 제공하고 군대에 의약품과 붕대를 공급했으며 포로들이 공정하게 대우받고 있는지 확인하기 위해 전쟁 포로 수용소에 가서 점검하곤 했는데 이들 가운데 가장 잘 알려진 단체는 적십자였다. 그리고 1942년 스위스 적십자 대표들은 가스실과 강제 수용소에 대해 알게 되었으나 이 소식을 공론화하지 않기로 결정했으니 왜냐하면 나치가 이를 빌미로 앞으로 인도주의 단체들이 전쟁 포로 수용소와 병원에 접근하지 못하게 막지 않을까 걱정했기 때문이다. 그리고 1944년 독일인들은 적십자 대표단과 여러 국제 위원회에서 볼 수 있도록 테레진[30] 노동 수용소의 생활에 관한 다큐멘터리를 만들었다. 배우 270명과 어린이 1천6백 명이 이 영화에 출연했고 수천 명의 성인 조연들도 출연했는데 이들 가운데 머리카락 색깔이 열

적십자

30 Terezín. 체코 북부 도시의 이름. 본래 요새가 있었던 군사 도시로 제2차 세계 대전 당시 강제 노동 수용소가 있었다. 독일어로는 테레지엔슈타트Theresienstadt.

은 사람은 충분히 유대인처럼 보이지 않았기 때문에 미리 제외되었다. 제목은 「테레진 생활은 얼마나 좋았는지 So schön war es in Terezin」로 영화에서 유대인들은 카페에 가고 텃밭에 채소를 키우고 수영장에서 다이빙을 하고 은행에 가서 돈을 찾고 우체국에 가서 소포를 찾고 오페라를 듣고 지역 도서관에서 유럽 문명의 의미에 대해 토론했다. 그리고 영화 촬영이 끝나자 독일인들은 열한 개의 특별 호송단을 조직했고 영화에 참여한 사람들은 전부 아우슈비츠 수용소의 가스실로 보내졌다. 한편 전쟁이 끝난 뒤 소비에트 전쟁 포로들이 집으로 돌아오자 정부에서는 그들을 강제 수용소로 보내 힘든 노동을 시킴으로써 전쟁 동안 전투 정신이 부족했던 것에 대해 속죄하도록 했다. 그리고 전투 중에 죽은 병사의 숫자보다 여러 질병과 전염병 때문에 사망한 병사의 숫자가 다섯 배나 더 많았던 이전의 여러 전쟁에 비해 제1차 세계대전 동안에는 인도주의적인 구호품과 수술의 발달과 새로운 무기 등등 덕분에 사망자 비율이 뒤바뀌었는데 이 또한 혁신적이었다.

테레진 생활은 얼마나 좋았는지

혁신적인 것들

공산주의자와 나치는 자연의 질서에 걸맞은 세계를 건설해야 한다고 말했다. 나중에 역사학자와 인류학자들은 말하기를 공산주의와 나치즘이 종교적인 믿음을 혁

인류의 운명

동성애자 등등

명에 대한 믿음으로 대체했고 사람들이 공산주의와 나치즘을 지지한 것도 같은 이유였는데 그중에서도 가장 강력한 동기는 자신이 지금부터 인류의 운명을 손에 쥐고 휘두르게 될 선택된 자들에 속해 있다는 느낌이라고 했다. 나치는 미래의 조화로운 세상을 구성하는 것은 강하고 헌신적이고 단결력이 강한 개인들이며 그들이 공유하는 이해관계의 일치와 응집력이 인본주의자들과 계몽주의가 구세계에 가져왔던 쇠락을 막는 보루를 만들어 줄 거라고 믿었다. 공산주의자들은 새로운 세계에서는 모든 시민들이 서로 상호 대체될 수 있으며 사람들은 일률적이고 온전한 전체를 구성하여 아무도 개인적인 이해관계를 갖지 않을 것인데 왜냐하면 모든 것을 공유함으로써 지배 계층의 이기적인 욕심이 구세계에 가져왔던 쇠락을 막을 것이기 때문이라고 믿었다. 그리고 양쪽 다 모든 것을 좀먹고 사람들이 동성애자와 무정부주의자와 기생충과 냉소주의자와 개인주의자와 알코올 중독자 등등이 되어 버리도록 이끄는 민주주의에 맞서 싸울 유일하게 성공적인 방법으로서 공포 정치의 필요성을 선포했다. 그리고 그들은 동성애자와 기생충과 주정뱅이와의 전쟁을 선포했으니 공산주의 러시아에서는 주정뱅이의 자녀들이 일요일마다 〈아빠, 술 그만 마셔요, 나는 새로운 세상에서 자리를 잡고 싶어요〉라고 쓴 팻말을 목에 건 채 광장을 돌며 강제로 행진해야 했고 나치 독일에서는 주정뱅이들이 〈나는 술 마시느라 가족에게 줄 돈을 모두 탕진했다〉라는 팻말을 들고 광장을 돌며 행진해야 했다. 그리고 버릇을 고치지 않는 주정뱅이들은 강제 수용소로 보내져 그곳에서 공공의 이익을 위해 일하게 되었다. 독일 강제 수용소 입구 위에 걸린 현판에는 〈노동이 자유케 하리라*ARBEIT MACHT FREI*〉라고 쓰여 있었고 소비에트 강제 수용소 입구 위에 걸린 현판에는 〈계획 달성을 위해 일편단심 노동하자〉라고 쓰여 있었다. 그리고 공산주의자들은 〈안녕하세요〉 대신 〈노동이여 영원하라〉라고 인사했는데 왜냐하면 노동이야말로 미덕이며 모두가 노동한다면 공산주의가 세계를 제패할 거라고 생각했기 때문이다. 그리고 〈노동이여 영원하라〉 대신 〈좋은 아침입니다〉 혹은 〈안녕하세요〉 혹은 〈복받으시길〉이라고 말하는 사람들은 의심받았고 이웃들은 그런 사람들이 제대로 된 애국자가 아니라고 말했다.

노동이 자유케 하리라

그리고 1933년 나치가 선거에서 이겼을 때 그들은 유대인에게 여러 가지를 금지시키는 법을 제정했다. 유대인은 공직에 오를 수 없었고 군대나 사법부나 언론 매체에서 일할 수 없었으며 수영장이나 극장에 갈 수 없었고 공원에서는 지정된 벤치에만 앉을 수 있었는데 그 벤치들은 즉각 구분할 수 있도록 노란색으로 칠해졌다. 그리고 유대인 어린이들은 학교에 가거나 회전목마를 탈 수 없었으며 나치는 유대인들이 독일에서 환영받지 못한다는 사실을 스스로 깨닫고 어디 다른 데로 떠나 주기를 바랐다. 그리고 나치는 또한 퇴폐 예술*entartete Kunst* 전시를 조직하여 유대인이나 히브리 혈통 화가나 조각가들의 퇴폐적이고 변태적인 작품을 독일인에게 보여 줌으로써 병든 사람들이 창조한 예술 속에 본질적으로 내재되어 있는 위험성에 대해 경고했다. 나치는 예술을 중시했는데 퇴폐 예술은 모든 것이 다 퇴폐적인 사회로 가는 첫걸음이라고 생각했으며 독일인들에게도 바로 그런 점을 경고하려고 했다. 그리고 나치는 퍼레이드와 스파르타키아다[31]를 조직하여 여러 가지 상징은 물론 사람들이 몸으로 만들어 내는 그림을 보여 주었는데 왜냐하면 도끼날이 손잡이 안에 단단히 박혀 있듯이 예술이 독일 민족 안에 깊이 박혀 있으므로 독일 민족은 예술 없이 살 수 없기 때문이었고 또한 그들은 독일 노동자들을 독일 오페라에 초대하는가 하면 행진 등등을 조직하기도 했

퇴폐 예술

31 *spartakiada*. 주로 동구권에서 진행된 국제 스포츠 경기. 소련에서는 올림픽을 대체할 국제 스포츠 행사로서 이 스파르타키아다를 홍보했다. 국제 행사로서는 1937년경 중단되었으나 소련에서는 1990년까지 산발적으로 계속되었다. 구(舊)체코슬로바키아에서는 5년마다 개최되었던 매스 게임을 뜻하기도 했다.

으며 독일 예술을 박물관과 미술관과 부르주아의 살롱 독일 예술
에 숨겨 놓아서는 안 된다고 말했는데 왜냐하면 예술은 모두의 것이기 때문이었다. 그리고 1935년 나치는 아리아인의 피를 보호하고 독일 예술을 유대주의의 사악한 영향으로부터 지켜 내기 위해 유대인과 비유대인의 결혼을 금지하는 법을 통과시켰다. 그리고 유대인들은 꼭지가 여섯 개 달린 노란색 별을 옷깃과 등에 달아야 했으며 버스나 전차를 타거나 아리아인 세탁소를 이용하는 것이 금지되었다. 그리고 1938년 11월 어느 밤에 독일 비밀경찰이 유대인 가게를 약탈하고 유대교 예배당에 불을 지르고 거리에서 마주친 모든 유대인들을 괴롭히거나 죽였는데 그 목적은 유대인들에게 겁을 주어 빨리 독일을 떠나게 하기 위함이었다. 그리고 홍보 장관은 이것이 파리 주재 독일 대사관의 국방 무관을 암살한 폴란드계 유대인에 대한 독일 민족의 보복이라고 말했다. 이 사건은 나중에 〈수정의 밤*Kristallnacht*〉이라 불리게 되었는데 왜냐하면 유대인이 운영하는 가게 7천2백 곳에서 유리창이 깨져 거리가 온통 유리 조각으로 뒤덮였기 때문이다. 그리고 독일 정부는 유대인들에게 단체로 벌금 10억 라이히스마르크를 내라고 명령했는데 왜냐하면 유대인들이 독일 민족의 정당한 분노를 불러일으켰기 정당한 분노
때문이다. 그리고 스위스 정부는 독일인들에게 유대인

들의 여권에 커다란 대문자 J를 넣어 스위스 국경 경찰이 유대인처럼 보이지 않는 유대인을 알아볼 수 있게 해달라고 요청했다. 그리고 전쟁이 끝난 뒤 폴란드와 체코슬로바키아 등등 독일계 소수 민족의 비율이 높은 나라에서는 독일인들이 대규모로 추방되었고 브르노에서는 커다란 대문자 G가 새겨진 하얀 완장을 차야 했으며 전차나 트롤리버스에 타는 것이 금지되었다. 스위스 정부는 독일계 유대인들이 전부 스위스에 정착해서 인종 간 공존과 국가적 조화를 깨뜨릴까 봐 두려워했다. 그리고 유대인들 중에서 전쟁 전에 독일인으로 등록되었던 사람들이나 독일식 이름을 가진 사람들 또한 독일인으로 간주되었고 체코식 이름을 가졌으나 체코어를 못하는 유대인도 마찬가지였으며 여권에 쓰인 J라는 글자는 〈*Jude*〉 즉 유대인을 뜻했고 인종 간 공존과 국가적 조화는 스위스 연방을 지탱하는 기둥이었다.

어린 사람들

제2차 세계 대전 이후 민주주의 국가에서는 어린 사람들도 중요해지기 시작했는데 왜냐하면 소비자 사회가 시작되고 있었고 어린 사람들은 광고에서 뭔가 젊은이를 위한 것을 보면 부모에게 사달라고 했기 때문이다. 소비자 사회의 새로운 세대는 유복하게 자라났고 모자와 신발과 색연필과 집짓기 세트를 가지고 있었으며 부모가 어렸을 때 맨발로 학교에 갔다거나 모자 하나를 형제들과 돌려 썼다고 이야기해 주면 비웃었다. 그리고 이들은 자라나서 소비자 사회는 사람을 노예화하며 아무도 노예화되지 않는 새로운 세계를 만들어 내야 한다고 말하기 시작했다. 그리고 1960년대에 이르자 젊은 사람들은 소비자 사회와 노예화와 전쟁과 인종 차별주의 등등에 반항하기 시작했다. 젊은 사람들은 처음에 미국에서 반항하기 시작했는데 왜냐하면 당시 미국인들은 베트남에서 전쟁을 벌이고 있었고 소비자 사회가 더욱 발전해 있었고 목욕탕과 전화기를 가지고 있었고 흑인들을 별로 좋아하지 않았기 때문이며 반면에 젊은 사람들은 흑인들이 인류를 풍성하게 해준다고 말했다. 제2차 세계 대전이 역사상 최초의 라디오 전쟁이었듯이 베트남 전쟁은 역사상 최초의 텔레비전 전쟁이었고 흑인들은 버스에서 자리에 앉거나 백인들을 위해 마련된 화장실을 사용할 수 없었다. 어떤 경우에는 오로지 백인들만을 위해 마련된 화장실밖에 없어서 흑인들은 어딘가 다른 화장실을 찾아야 했고 또 어떤 경우에는 화장실이 두 곳으로 나뉘어 한 군데는 위에 〈백인〉이라는 팻말이 붙고 다른 곳에는 〈유색 인종〉이라는 팻말이 붙어 있었는데 왜냐하면 〈흑인〉이라는 팻말은 흑인들을 화나게 할 수도 있기 때문이었다. 공립 학교도 두 종류였는데 백인 학교 따로 흑

미국에서 시작되다

인 학교 따로였으며 회전목마와 정글짐과 모래밭과 공원 벤치도 마찬가지였고 어떤 도시에서는 공중전화 부스도 그러했다. 이주민 동화 방식을 지지하는 사람들은 이것이 분리 정책의 발현이며 통합 정책의 피할 수 없는 결과라고 말했고 통합 방식을 지지하는 사람들은 이것이 분리가 아니라 구별주의이며 어쨌든 흑인들은 자기들끼리 있을 때 가장 편하게 느끼고 백인 시민들과 함께 있는 것을 좋아하지 않는다고 말했다.

무엇이 흑인들을 편안하게 하는가

신을 믿지 않게 되자 사람들은 세상이 부조리하다는 사실을 표현할 방법을 찾기 시작하여 미래주의와 표현주의와 다다이즘과 초현실주의와 실존주의와 부조리 연극을 발명해 냈다. 그리고 다다이스트들은 옛날식 예술을 끝장내기를 원하여 전에는 사용되지 않았던 물건 예를 들어 철사와 성냥과 표어와 신문 기사의 제목과 전화번호부 등등을 사용해서 예술을 했으며 그것이 새롭고 절대적인 예술이라고 말했고 미래주의자들은 감탄사가 많이 들어간 시를 썼는데 예를 들면 〈카라주크 주크 주크 둠둠둠〉 같은 것이었으며 또 표현력이 풍부한 글자체를 강력하게 지지했고 반면에 표현주의자들과 다다이스트들은 예를 들면 〈밤블라 오 팔리 밤블라〉처럼 새롭고 알 수 없는 언어로 시를 써서 이해할 수 있든 없든 모든 언

카라주크 주크 주크

어는 평등하다는 사실을 보여 주려 했고 초현실주의자들은 자동 기술과 특이한 비유를 지지했으니 예를 들면 〈내 코르크 목욕은 너의 벌레 눈과 같다〉라고 쓰고 이 시의 의미는 그 안에서 자동적으로 튀어나오며 이것은 물리적인 동시에 형이상학적이라고 설명했다. 실존주의자들은 형이상학은 퇴폐적이고 모든 것은 주관적이지만 그럼에도 불구하고 객관성은 존재하며 우리는 상호 주관성을 가지고 그것에 접근해야 한다고 말했다. 그리고 무엇보다 모든 게 진실해야 한다는 점이 중요한데 역사와 역사의 진로는 사람들이 진실하게 의사소통을 할 수 있느냐에 대한 철학적인 질문의 결과이며 사람들이 그렇게 할 수 있다면 초월적 권위[32]가 회복되는 한 역사는 이전보다 더 의미 있을 거라고 했다. 그리고 언어학자들은 의사소통이란 해체 방식의 문제일 뿐이며 해체하는 방법에는 여러 가지가 있다고 말했다. 그리고 나이 든 사람들은 말하기를 의사소통이 형편없는 지경에 처해 있으니 왜냐하면 사람들이 더 이상 서로 눈을 똑바로 쳐다보지 못할 뿐 아니라 누군가와 눈이 마주치면 곧바로 시선을 돌리기 때문이며 요즘 사람들은 장님의 눈만 똑바

초월적 권위의 회복

32 칸트 철학을 암시한다. 여기서 〈초월〉이란 인간의 이성이 이성 자체를 인식하고 주관적으로 바라보는 세상이 아니라 그것을 넘어선 절대적인 객관을 의미한다.

로 쳐다본다고 했다.

제1차 세계 대전 동안 950만 명의 남자들과 60만 명의 여자들이 죽었다. 그리고 6백 만 명의 남자들과 20만 명의 여자들이 평생 불구가 되었다. 그리고 7백 만 명의 여자들이 전쟁에서 남편을 잃었고 9백만 명의 아이들이 아버지를 잃었다. 그리고 여러 나라가 빚더미에 올라 정부에서 아무리 돈을 찍어 내도 사람들은 아무것도 살 수 없었고 물가가 치솟았으니 1923년 독일 물가는 230만 퍼센트가 올라 달걀 한 개 가격이 평균 8천1백억 마르크였고 빵 한 덩이 사러 밖에 나갈 때면 손수레에 가득 돈을 싣고 가곤 했다. 그리고 많은 사람들이 지난 세계를 근본부터 바꾸고 싶은 마음에 공산당과 파시스트당에 가입했다. 그리고 다른 사람들은 전쟁 전의 유럽을 회상하며 이제는 〈아름다운 시절〉[33]이나 〈황금시대〉라고 불리게 된 옛날을 그리워했다. 왜냐하면 그때는 모든 것이 풍요로웠고 식민지 상품 가게에서 이국적인 과일과 초콜릿과 터키 과자를 팔았으며 사람들은 새로운 세기가 도래하면 가난과 고역은 끝을 맺고 모두가 안락한 환경

황금시대

33 *La Belle Époque*. 프랑스 제3공화국이 건립된 지 1년 뒤인 1871년부터 1914년 제1차 세계 대전이 시작되기 전까지의 기간. 낙관주의와 평화가 유럽 대부분의 지역을 지배하고 과학과 기술이 뛰어나게 발전한 시대였다.

에서 위생적인 삶을 살며 의무 교육이 인간을 더 인간답고 훌륭하게 만들어 줄 거라고 믿었기 때문이다. 그 시절에 사람들은 서로 더 예의를 지켰고 범죄자들은 더 배려심을 발휘해서 경찰관에게는 총을 쏘지 않았고 젊은이들은 서로를 존중하며 절제하는 태도를 보여서 결혼할 때까지는 성관계를 갖지 않았고 만약 어떤 젊은이가 일을 마치고 집에 돌아가는 소녀를 밭에 데려가 강간해서 소녀가 임신을 하면 그 소녀는 아이를 고아원에 맡겨서 국가의 돈으로 돌보게 할 수 있었고 운전하던 사람이 암탉을 차로 치면 차에서 내려 암탉 값을 물어 주었다. 그리고 남자들은 인사할 때 모자를 들었고 인사하고 싶지 않은 여자의 얼굴은 쳐다보지 않았고 영국에서는 남자들이 여자가 먼저 인사를 받고 싶다고 신호를 줄 때까지 기다렸고 프랑스에서는 남자가 여자의 장갑에 입 맞추었고 여자가 손수건을 떨어뜨리면 남자는 그것을 주워서 여자에게 허리 굽혀 인사하며 돌려주었고 여자들은 담배를 피우지 않았는데 왜냐하면 저속하게 여겨질 수 있기 때문이었고 남자들은 궐련과 시가를 피웠고 코담배 냄새를 맡고 수염을 쓰다듬었다. 그리고 일요일에는 모두들 예배에 참석했고 도시 사람들은 기차를 타고 휴양을 떠났고 숙녀들은 레이스로 짠 조그만 모자를 썼고 남자들은 바둑판무늬 니커보커[34] 차림으로 물에 들어가

코담배의 소비

여기저기 공을 던지면서 웃었는데 이후에 초현실주의자들과 정신 분석가들은 공이 사실은 성적인 상징이라고 말했다. 전쟁이 끝난 뒤 사생아와 고아원과 정신 병원의 숫자가 늘어난 반면에 코담배의 소비는 줄어들었는데 왜냐하면 비위생적이었기 때문이다.

새로운 천 년

음모자들

여호와의 증인들은 예수가 19세기 말 이미 지구에 돌아왔지만 그 모습은 눈에 보이지 않고 오로지 선택을 받아 입문한 자들만 볼 수 있다고 믿었다. 그들은 이교의 시대가 1914년에 끝날 거라고 계산하며 그해에는 새로운 천 년이 시작될 것이고 신자들은 구원을 받을 것이며 예수는 모두의 앞에 모습을 드러낼 것이라고 했다. 그리고 1914년 제1차 세계 대전이 시작되자 그들은 이것이 바로 그 징조로 천국에서 거대한 전투가 벌어졌고 사탄이 지상에 내려왔으며 그 때문에 20세기의 불행이 생겨났으니 이것이 신이 우리에게 보낸 마지막 시험이자 구원을 원하는 사람들의 마지막 기회라고 말했다. 제1차 세계 대전이 일어난 것은 어떤 오스트리아 대공이 사라예보에서 〈검은 손〉 비밀 결사대의 음모자들에게 암살당했기 때문이다. 음모자들은 대공이 어느 길을 통해 시청으로

34 *knickerbocker*. 폭이 넓고 길이는 무릎 바로 아래까지 오는 남성용 바지.

갈 것인지 시장이 어디서 연설을 할 것인지 그때 어디서 간식이 준비될 것인지를 신문에서 읽은 다음 제방 양쪽에서 손에는 수류탄을 들고 주머니에는 권총을 넣고 줄지어 선 채 대공이 차를 타고 지나가기를 기다렸다. 그러자 오스트리아는 세르비아 사람들을 향해 전쟁을 선포했고 독일인들은 러시아와 프랑스와 벨기에 등지의 사람들을 향해 전쟁을 선포했다. 세계 종말은 원래 1925년으로 예정되어 있었는데 종말이 일어나지 않자 여호와의 증인들은 그게 특별히 중요한 건 아니고 더 중요한 건 누가 천국으로 가느냐는 것이라고 말했다. 그리고 그들은 14만 4천 명의 선택받은 자들이 천국에 가게 될 거라고 계산했고 선택받은 자들은 천국에 살면서 지상의 일들을 감독하게 될 거라고 했다. 그리고 살아 있는 동안 이들의 가르침을 받아들인 사람들은 새로운 세계가 시작되었을 때 지상에서 영원한 축복 속에 살게 될 것이라고 했다. 새로운 세계는 구세계의 종말 뒤에 시작될 것인데 그들은 구세계의 종말이 가까이 왔다고 말했지만 더 이상 확실한 날짜는 지정하지 않았다. 그리고 세계 제일이라는 명성을 자랑하는 오스트리아 경찰은 암살 음모를 주도한 다섯 명의 주동자를 체포해서 재판에 넘겼고 재판정에서는 그들에게 종신형을 선고했다. 음모자들은 체코에 있는 테레진 감옥에서 형을 살다가 그중 두 명은 전쟁 동안 죽었고 다른 두 명은 전쟁이 끝난 뒤에 국가적 영웅이 되었고 나머지 한 명은 베오그라드[35] 대학에서 철학 박사 학위를 받았는데 그는 1937년 유고슬라비아 정부에 코소보의 알바니아인들을 추방할 것을 제안했으니 왜냐하면 이들은 유고슬라비아 연방에 걸맞지 않은 소수 민족이었기 때문이었고 1980년 그가 사망하자 세르비아 사람들은 코소보의 알바니아 학교들을 폐쇄하고 알바니아 신문 발행을 금지시키고 알바니아 정치 단체들을 해산시키고 민병대를 창설했는데 민병대의 임무는 알바니아인들에게 자신들이 유고슬라비아에서 환영받지 못한다는 사실을 깨닫게 해주는 것이었다. 알바니아인들에게 이 사실을 깨닫게 해주는 가장 좋은 방법은 테러 활동 즉 집을 태우고 가게를 약탈하는 일 등등으로 서유럽 정부에서는 이것이 사실상 인종 학살이라고 결론짓고 세르비아 공습을 감행하여 정부에 협상을 강요했다. 세르비아 공습은 78일간 계속되었는데 이는 1945년 이후 유럽에서 일어난 첫 국제 분쟁이었으며 또한 승자 측에서 단 한 명의 병사도 잃지 않은 첫 번째 전쟁이었으니 군사 전략가들은 이것이 미래에 대한 좋은 징조이며 미래에는 적들 말고는 아무도 죽지 않을 거라고 말했다.

세르비아 공습

미래에 대한 징조

35 Beograd. 세르비아의 수도.

정신과 의사들은 제1차 세계 대전이 이전에는 무의식 속에 숨겨져 있던 많은 사람들의 트라우마를 자극했다고 말했고 1920년대와 1930년대에 사람들은 신경증에 걸리게 되었는데 왜냐하면 자신의 내면적 혹은 외면적 상태에 적응하지 못했기 때문이며 1960년대 유럽에서는 여성의 25퍼센트와 남성의 15퍼센트가 신경증에 걸려 있었으니 기자들은 이것을 세기의 질병이라고 불렀다. 그리고 1970년대부터는 우울증을 앓는 사람들의 숫자 또한 증가하여 20세기 말엽에는 유럽 시민 다섯 명 중 하나가 우울증에 걸려 있었다. 사회학자들은 신경증과 우울증이 20세기 서구 사회의 문화적 변화를 반영한다고 말했다. 신경증은 규율과 위계질서와 사회적 금기에 지배당한 사회의 반영이자 죄책감의 병리학적 표현이며 우울증은 무기력감의 병리학적 표현이자 공허감의 자각이라는 것이었다. 그리고 예전에는 사람들이 신경증적이었는데 왜냐하면 그들은 금지된 무언가가 되고 싶었지만 금기이기 때문에 그럴 수 없었으니 금기를 어기면 죄책감을 느끼기 때문이었다. 그리고 나중에 거의 모든 일이 다 허용되었을 때는 사람들이 우울해지기 시작했는데 왜냐하면 자기들이 무엇을 하고 싶었는지 알 수가 없었기 때문이고 그래서 그들은 새로운 병리학적 대상으로 변모했으니 정신과 의사들은 병리학적 대상들이 그

사회의 변화

병리학적 대상의 변모

동안 완전히 변모했다고 말했다. 그리고 사회학자들은 말하기를 개인의 자유가 고통스럽게 투쟁해서 추구할 이상이 아니라 고통스럽게 넘어야 할 장애물을 대표하게 된 세계에 대한 보상이 바로 우울증이라고 했다. 그리고 신경증은 금기의 폭력에 대한 불안이며 우울은 자유의 부담에 대한 불안이라고도 말했다. 그리고 삶의 의미를 찾고 싶어 하는 사람들은 실존적 좌절을 겪었다. 그리고 심리학자들은 삶의 의미를 찾는 행위는 그 안에서 공허와 죽음을 몰아내야 할 필요성에서 비롯된 것이며 그 덕분에 삶을 더 강렬하게 살 수 있게 되는 거라고 말했다. 그리고 1980년대 말 세계 보건 기구는 우울증이 서구 세계에 가장 널리 퍼져 있는 병리 현상이라고 선포했다. 한편 미국에서 생겨난 새로운 사회적 금기 사항들이 조금씩 조금씩 유럽을 꿰뚫기 시작했는데 예를 들면 담배를 피우거나 음식에 소금을 치거나 동성애자에 대해 농담을 하거나 게으른 삶을 살거나 등등을 해서는 안 된다는 것이었고 또 반대로 전에는 금기였던 것들이 이제는 허용되는 경우도 많았다. 그리고 어떤 사람들은 신경증에 걸렸고 다른 사람들은 우울증에 걸렸고 또 다른 사람들은 신경증과 우울증에 동시에 걸렸고 그들은 향정신성 의약품을 사용했는데 정신 분석가들은 사람들이 향정신성 의약품을 남용하며 정신 분석을 충분히 자주

받지 않게 된다고 말했다. 그리고 약물은 그저 트라우마를 더 깊은 무의식 속으로 옮겨 놓을 뿐이며 사람들을 치유하는 유일한 방법은 불안을 언어화하고 스스로의 인식을 재발견하는 거라고 했다.

황금시대에 사람들은 인종 차별주의자들이었으나 그것을 아직 몰랐으니 그들은 흑인과 파푸아 사람들 등등을 궁금해했고 대도시의 동물원에서는 인종 전시 쇼가 열렸는데 거기서 야만인들이 사타구니에 동물 가죽을 두르고 대나무 오두막 앞에 앉아 여러 가지를 만들고 있으면 사람들은 파푸아 사람들과 아샨티 사람들과 줄루 사람들[36]이 어떻게 사는지 보러 가서 그들에게 사탕과 각설탕을 던져 주었다. 인종 전시 쇼는 대단한 성공을 거두었는데 왜냐하면 사람들은 세계의 다른 곳에서 사람들이 어떻게 사는지 알고 싶어 했기 때문이며 1900년 파리 만국 박람회에서 선진국들은 혁신적인 기술과 새로운 예술과 새로운 건축뿐 아니라 자기 식민지의 원주민 견본 즉 누비아인과 다호메이인과 카리브인과 말레이인과 카나크인들[37]도 전시했다. 카나크인들은 박람회에서 사타

36 파푸아 뉴기니Papua New Guinea는 호주 바로 위에 있는 섬나라이고, 아샨티Ashanti는 아프리카 서부의 지역으로 현재의 가나Ghana 남부이며, 줄루Zulu는 아프리카 남부에 거주하는 민족을 말한다.

구니에 가죽을 두른 채 대나무 오두막 앞에 앉아 부싯돌로 돌 막대를 갈았지만 그 전에는 한 번도 부싯돌이나 돌도끼를 손에 쥐었던 적이 없었는데 왜냐하면 그들은 프랑스 정부에서 국가의 이익을 위하여 고용한 식민지 행정부의 말단 직원들이었기 때문이다. 그리고 만국 박람회가 끝난 뒤 식민지 박물관에서는 그들을 벨기에와 독일과 덴마크로 관광 여행을 보내 주었고 카나크인들은 식민지 박물관 관장에게 편지를 써서 언제쯤 집에 돌아가 본래의 업무를 계속할 수 있을지 물었으나 아무런 답변도 받지 못하자 어느 날 자기들을 태우고 독일을 돌던 열차에서 전부 탈출하여 프랑스로 돌아간 다음 뉴칼레도니아로 간다는 배에 비밀리에 올랐는데 배는 사실 레바논으로 가고 있었다. 그리고 밀항자를 발견한 선원들은 그들이 만국 박람회에서 봤던 카나크 사람들임을 알게 되자 이들이 자기들 배를 선택해 주었다는 사실을 자랑스럽게 여겨서 음식을 가져다주고 아무 일도 시키

37 누비아Nubia인은 아프리카의 수단 북부와 이집트 남부에 거주하는 민족을, 다호메이Dahomey인은 현재 아프리카 북서부 베냉Benin 공화국의 옛 지명인 다호메이에 살던 사람을, 카리브Carib인들은 중미 서인도 제도에 사는 사람을, 말레이Malay인은 오스트로네시아Austronesia 인종에 속하는 말레이 반도, 수마트라 동부, 태국 남부, 싱가포르와 보르네오, 브루나이, 미얀마 등지에 사는 사람들을, 카나크Kanak인은 호주 동쪽 뉴칼레도니아New Caledonia 섬에 사는 멜라네시아Melanesia 사람들을 뜻한다.

지 않았으며 뉴칼레도니아에서 1년에 돌도끼가 몇 개나 생산되는지 물었다. 제1차 세계 대전이 끝난 뒤 인종 전시 쇼는 점차 사라져 갔는데 왜냐하면 줄루인 등등 170만 명이 전쟁 기간 동안 연합군 자격으로 참전해서 싸웠고 사람들도 이제 그들에게 익숙해져서 별로 궁금해하지 않았기 때문이다.

젊은 사람들은 인종 차별주의가 구세계의 산물이고 세계를 다시 생각해야 하며 텔레비전과 냉장고는 사랑과 행복보다 덜 중요하다고 말했다. 그리고 그들은 부모들이 그들에게 무엇을 공부해야 할지 말해 주거나 담배를 피우고 성관계를 하고 머리를 길게 기르는 것 등등에 대해 조언하는 것을 싫어했다. 그리고 1968년 서유럽에서는 학생 시위가 일어났는데 학생들은 바리케이드를 만들고 여러 공장을 돌면서 사회가 근본적으로 변화해야 한다며 노동자들을 설득하고 벽에다가 〈푸른색은 누군가 재발명하기 전까지 회색이다〉와 〈현실적으로 생각하라 불가능을 요구하라〉와 〈금지하는 것을 금지한다〉와 〈상상력이 힘이다〉라고 쓰고 강의실과 극장을 점거하고 담배를 피우고 다채로운 방식으로 성관계를 갖고 정치를 논했다. 1960년대는 서구 사회의 역사에서 중요한 분수령을 나타내는데 왜냐하면 물질적 풍요가 지배했고

젊은이들이 성관계를 원하다

여성들은 피임 도구를 사용할 수 있었고 젊은 사람들은 여론을 생성하는 더 중요한 구성 요소가 되었고 나이 든 사람들도 점차 스포츠 경기를 하거나 젊은 감각으로 옷을 입거나 다채로운 방식으로 성관계를 하거나 새롭고

급진적인 발상

급진적인 발상을 외치기 시작했으니 최소한 정신적으로라도 젊지 않은 사람은 구세계에 속하게 되기 때문이었다. 그리고 사회학자들은 말하기를 부르주아 사회가 사라지고 청년 사회라고 불리는 새로운 형태의 사회가 그 자리를 대신하게 되었는데 이것은 서구 사회의 진화에서 급진적인 변화를 나타내며 여기에 대해 잘 생각해 봐야 한다고 했다. 그리고 어떤 철학자들은 청춘 숭배가 인류 지성의 역사에서 일어난 가장 멍청한 일들 중 하나라면서 이것이 파시스트와 공산주의자들에 의해 발명되었다는 사실을 암시하며 민주주의적 사회가 너무 멍청해서 파시스트와 공산주의자들에게서 청춘 숭배를 빌려 온 거라고 말했지만 또 다른 사람들은 그것도 괜찮고 청춘

청춘은 멍청하다

은 어쩌면 멍청할지도 모르지만 역동적이고 그러므로 긍정적이라고 말했다. 사회학자들은 긍정적인 태도야말로 서구 문명의 새로운 가치이며 이것이 지금의 사회 상황에 더 이상 적합하지 않은 전통적인 인본주의적 가치들을 대체했다고 말했다. 긍정적인 태도라 함은 즉 사람들이 자신감을 가지고 미래를 기대하고 스포츠 경기에

참여하고 건강하고 조화로운 삶을 살고 정기적으로 의사를 찾아가고 고령에 달할 때까지 살고 은퇴 이후의 삶을 즐기기 위해 열심히 일하고 젊은 감각으로 옷을 입는 것을 뜻했다. 그리고 더 이상 아무도 가난하고 싶어 하지 않았고 모두 다 냉장고와 무선 전화기와 개와 고양이와 거북이와 전동 자위 기구를 가지기를 원했으며 스포츠에 참여하고 정신 분석을 받기를 원했다. 가톨릭 철학자들은 이게 다 개신교도들 탓이라고 말했으니 왜냐하면 개신교도들은 물질적 성공의 중요성과 〈하늘은 스스로 돕는 자를 돕는다〉를 강조했기 때문인데 이에 비해 가톨릭교도들은 〈주님께서는 사랑하는 사람을 징계하시고〉를 더 믿었다. 한편 개신교 철학자들은 가톨릭의 쇠퇴가 바로 가톨릭이 시대와 함께 움직이는 능력을 가지지 못했음을 증명한다고 말했고 사고방식은 진화하는 것이며 목사들은 결혼을 할 수 있고 따라서 성적으로 만족할 수 있기 때문에 허무주의에 지배당한 사회에 그리스도교적 관념을 더 잘 전파할 수 있다고 했다. 그리고 도시 사람들은 개와 고양이와 거북이와 기니피그를 데려다가 집에서 키웠는데 왜냐하면 말 못 하는 동물은 소외된 세계에서조차 가장 충직한 친구였기 때문이다. 그리고 개와 고양이는 자신들을 위한 미용사와 미용실과 헬스장과 요양소와 장례식장과 공동묘지 등등을 가지고 있었다. 그리고 베트남 전쟁에서 돌아온 미국인 병사들은 돈을 모아 베트남에서 자유와 민주주의를 위해 목숨을 바친 4천1백 마리의 미국 개들을 위해 기념비를 건립해 주었다. 그리고 선진국에서는 전원 박물관이나 농촌 한구석이라는 이름으로 불리는 농장이 만들어졌고 도시 사람들은 말이나 소나 닭이 어떻게 생겼는지 보기 위해 이곳에 왔는데 왜냐하면 농사짓는 가축이 도시에서 서서히 사라져 갔기 때문이다. 그리고 다른 동물 예를 들면 오소리와 부엉이와 청개구리와 나비와 길가의 딱정벌레도 점점 더 눈에 띄지 않게 되었고 환경주의자들은 환경 오염과 살충제와 배기가스 등등 때문에 이렇게 되었다고 말했다. 그리고 어떤 환경주의자들은 동물 실험이 행해지는 의학 및 약학 연구 시설을 한밤중에 습격하여 원숭이와 토끼와 햄스터와 개와 뱀과 개구리 등등을 풀어 주었다. 그리고 사람들은 점점 더 동물을 보호해야겠다고 생각하게 되어 동물 보호 협회를 만들었고 이따금씩 곰이나 매로 분장한 모습으로 도시의 거리에서 사냥꾼과 투우와 동물 실험에 항의하는 시위를 벌이며 동물을 죽이는 것은 비인간적이라고 말했다. 그중 몇몇은 채식주의자였고 당근 등등을 먹었다. 사냥꾼들은 자신들이 전통을 유지하기 위해 동물을 사냥하는 것이며 지금 전통이 사라져 가고 있는데 현대의 세계에서 전통은

가축들이 사라지다

전통이 사라지다

중요하다고 말했다. 그리고 매년 사냥꾼 가운데 누군가는 야생 멧돼지 대신에 실수로 다른 사냥꾼을 죽였고 그러면 사냥꾼들은 함께 모여서 그 과부에게 새 식기세척기나 뭔가 그와 비슷하게 가정생활에 도움이 되는 물건을 사주었다.

황금시대에는 아직도 염소와 닭 등등이 도시에 살았고 남자들은 궐련을 피우고 수염을 쓰다듬었으며 전차와 함께 전세 마차와 4륜 포장마차와 말이 끄는 버스가 거리를 다녔다. 말은 도시에서 화물을 운반하는 데도 쓰였는데 왜냐하면 트럭이 거의 없었기 때문이고 또한 말은 군대와 경찰에서도 쓰였다. 제1차 세계 대전 당시 많은 말들이 죽었으니 특히 러시아 사람들과 독일 사람들과 오스트리아 기병대가 싸웠던 동부 전선에서 많이 죽었고 1926년에는 독일 스파이들이 루마니아 군대의 마구간에 침투하여 비저 병원균[38]을 사료에 넣는 바람에 루마니아 말 3055마리가 죽었다. 서부 전선에서 말은 주로 정찰 임무를 하거나 대포와 기관총과 음식과 참호 건설용 판자를 운송하는 데 쓰였고 기마 부대는 항시 경계 태세였는데 왜냐하면 장군들은 보병 부대가 적들의 전선

38 비저병(鼻疽病)은 탄저균으로 인해 일어나는 소, 말 등 가축의 전염병으로, 비저병에 걸린 동물은 내장이 헐고 피부 밑에 출혈이 일어난다.

을 뚫고 들어가서 기관총 포좌를 무력화시키자마자 기병대가 대담하게 적들을 포위하여 승리를 거두기를 바랐기 때문이며 1915년 프랑스인들은 말에게 씌울 특별한 방독면을 발명했다. 전쟁이 끝난 뒤 말들은 도시에서 눈에 띄지 않게 되었고 군대와 도시의 마구간들은 대부분 문을 닫거나 유치원으로 재건축되었는데 왜냐하면 마구간의 건축 구조가 유치원이 필요로 하는 바를 충족시켰기 때문이다. 제2차 세계 대전 동안에는 거의 모든 군대에서 말의 숫자를 줄였는데 다만 붉은 군대에서만큼은 80만 마리의 말들을 경계 태세로 대기시킨 채 독일인들이 석유를 다 써버리거나 진흙탕 속에서 꼼짝 못 하게 되기를 기다렸다. 당시 독일과 다른 유럽 국가들에서 대부분의 마구간은 이미 문을 닫았거나 다른 용도로 사용되고 있었고 비르케나우[39] 강제 수용소에서는 마구간이 숙소로 사용되었는데 마구간 한 채가 말 쉰두 마리를 수용하거나 혹은 죄수 1천 명에서 1천2백 명을 수용했다.

마구간이 문을 닫다

20세기에는 전통을 보호하고 자연으로 돌아가는 것이 중요해졌는데 왜냐하면 사람들이 증기 기관차와 증기선

39 Birkenau. 아우슈비츠 수용소 단지에 있었던 세 개의 수용소 중 1941년 두 번째로 지어진 것으로 가스실 설비가 있었던 일명 〈죽음의 수용소〉이다.

과 공장을 갖게 되고 더 이상 조화를 이루어 살 수 없게 되고 세상이 폭력과 가난과 불의로 가득하게 된 이후로 자주 일어나게 된 현상인 도덕적 위기에 맞서 싸우는 데 도움이 되었기 때문이다. 그리고 1906년 문명의 허식 아래 진짜 삶을 찾으려 했던 젊은 독일인과 오스트리아인 무정부주의자들이 모여 단체로 스위스로 옮겨 가서 공동체를 설립하고 몬테베리타Monte Verità라 이름 지었으니 그곳에서 그들은 자연주의와 채식주의와 조화를 추구하고 머리를 길게 기르고 화톳불 주위를 돌며 춤을 추고 사상을 설파했다. 그리고 점차 하나의 운동이 생겨나 여러 나라의 젊은이들이 참여하게 되었다. 그리고 그들은 자연과 조화를 이루는 새롭고 절대적인 예술을 주장하며 예술이란 미학이 아니라 생물학의 문제로 예술 중에서 가장 절대적인 것은 춤인데 왜냐하면 그것이 가장 최초의 것이자 새로운 사회 질서를 창조하도록 영감을 주는 것이기 때문이라고 말했고 1930년대에는 그들 대부분이 나치당에 가입했는데 왜냐하면 나치는 자연의 조화와 개인과 지구의 합일을 설파했기 때문이고 그들은 유대인에 반대하여 선동에 나섰는데 왜냐하면 유대인들은 자연을 싫어하고 인간의 지성을 더럽히고 사람들이 조화를 이루어 살 수 있게 해주는 능력을 뿌리뽑으려 했기 때문이었다. 그리고 공동체 구성원들 중 하나는

도덕적 위기

지구와의 합일

나치 독일의 유명한 안무가가 되어 독일 노동자들을 위한 몸짓 무용을 발명했으니 그 목적은 군수 공장의 생산성을 높이는 것이었다. 그리고 1917년 어떤 이탈리아 병사는 누이에게 보내는 편지에 〈날이 갈수록 점점 더 확실해진다〉라고 썼다. 그리고 1930년 어떤 프랑스인 의사는 물병자리의 기운 아래 일어날 새로운 시대의 시작을 선언하며 그 시대에는 새로운 인간이 태어나고 전쟁과 폭력 없는 세상이 펼쳐질 거라고 말했다. 그리고 1921년 스코틀랜드의 어떤 학교 선생님은 독일에 실험 학교를 세워서 새롭고 혁명적이고 반(反)권위주의적인 교육 방법을 시도하며 수업은 여러 가지 흥미로운 주제에 대한 토론으로 대체되어야 한다고 주장했는데 왜냐하면 전통적인 수업은 근본적으로 비민주적이며 학생들 사이의 공격성을 폭발시키기 때문이라는 것이었다. 이 학교는 5세부터 16세까지의 학생들을 위해 마련되었으며 학생들은 토론하고 싶은 기분이 아닐 때는 집에 있거나 자전거를 타러 가거나 친구들과 비밀 기지를 만들 수 있었으니 바로 그 점이 혁명적이었다. 그리고 점점 더 많은 사람들이 인류가 새로운 시대에 접어들고 있다고 믿어서 그 시대를 〈뉴 에이지〉라고 불렀으니 그 시대는 태양이 물병자리에 접어드는 순간 시작될 예정이었고 2160년간 지속될 예정이었고 그동안 뇌의 좌반구와 우반구가 통합되어 인류는 변이의 과정을 거칠 예정이었고 새로운 영성이 생겨날 예정이었다. 뉴 에이지는 조화롭고 영적이고 쌍방향적이며 그 누구도 더 이상 다른 사람을 핍박하지 못하게 될 예정이었는데 왜냐하면 인류가 새로운 차원의 인식에 도달함으로써 모든 사람들이 영적으로나 생태학적으로나 깨달음을 얻을 예정이었기 때문이다. 뉴 에이지를 믿는 사람들은 물병자리가 앞으로 일어날 변화를 딱 맞게 상징해 준다고 말했는데 왜냐하면 사람들은 뭔가 새로운 것에 목말라 있으며 물병자리가 그 목마름을 해소해 줄 예정이었기 때문이다. 그리고 그들은 구세계가 물질적이고 기계적이고 분석적이라고 말했고 분석적인 방식이 사물의 현실을 파편화한다고 말했으며 사물의 현실은 종합적으로 평가되어야 한다고 말했다. 그리고 서양 문명이 사람들에게 숲의 나무를 세는 법을 가르쳤지만 아무도 숲을 보지는 못한다고도 말했다. 그리고 뉴 에이지를 믿는 사람들은 인류 공동체의 영적인 뿌리를 찾아서 우주의 에너지와 합일하고 싶어 했으며 젊은 사람들의 교육을 재평가할 필요가 있다는 결론을 내렸는데 왜냐하면 사람들이 계속해서 옛날 방식으로 생각하는 한 뉴 에이지는 충분하게 표현될 수 없기 때문이었고 그들은 또한 가장 중요한 것은 조화라고 말했는데 왜냐하면 조화는 뇌의 좌반구와 우반구가 자유롭게 의사

사람들이 목말라 하는 것

우주 에너지와의 합일

소통을 할 수 있게 해주며 그렇게 되면 사람들은 그 소통을 통해 자기 내면에 있는 저 건너편의 기슭에 스스로 도달할 수 있을 것이기 때문이었다.

그리고 1950년 교황은 인류가 원숭이와 굴과 쿼크 등등에서 비롯되었다고 주장하는 진화론은 인간과 인간이 하느님에게서 받은 사명에 어떤 식으로도 모순되지 않으며 필멸하는 육신의 틀은 이전에 존재했던 어떤 생물체로부터 비롯되었을지 모르지만 영혼만큼은 하느님이 창조하셨다고 선포했다. 그리고 하느님은 영혼을 가장 처음에 그러니까 인간의 육신이 최종적인 형태에 도달하는 순간에 창조하셨다는 것이었다. 그리고 1996년에는 또 다른 교황이 선언하기를 진화론은 아마도 타당하겠지만 그것으로는 종교의 근원을 이루는 형이상학을 설명할 수 없다고 했다. 그리고 인간이 어떻게 해서 생겨났는지에 대해서는 아마도 과학이 대답해 줄 수 있겠지만 인간이 왜 생겨났는지에 대해서는 성경이 대답해 줄 수 있을 거라고 말했다. 그리고 이를 통해 동물 종들의 물리적인 지속성과 인간의 출현으로 인해 야기된 본체론적 단절 사이의 모순을 이해할 수 있게 될 거라고 덧붙였다. 하느님도 뉴 에이지도 외계인도 영적인 요소 등등도 믿지 않는 사람들은 인간이 완전히 우연히 생겨났으며 세계는 부조리하고 자연조차도 믿을 수 없는데 왜냐하면 자연은 변태적이기 때문이고 그 안에서 뭔가 의미를 찾는 것은 미친 짓이라고 말했다. 그리고 하느님과 천지 창조를 믿는 다른 사람들은 진화론이 인간을 더럽히려는 사탄의 시도이며 교황은 악마의 하수인이라고 말했고 1930년 어떤 침례교 목사는 인간이 공룡만큼 오래되었다는 사실을 증명하기 위해 18억 년 된 사람의 발자국을 날조해 냈다. 진화론자들이 이것은 말도 안 되는 일이라고 하자 창조론자들은 인간이 원숭이로부터 생겨났다는 주장이야말로 말도 안 되며 진화론은 사상적인 속임수이고 인간에게서 가장 고유한 특성 즉 자의식과 자아 완성과 노동에 대한 의지 등등을 빼앗아 간다고 말했다. 진화론자들은 자의식과 자아 완성과 노동을 향한 의지는 동물에게서도 찾을 수 있다고 말했고 공산주의자들은 인간이란 사실상 노동하기 시작한 원숭이라고 말했지만 어떤 진화론자들은 자연은 노동 없이도 그 자체로 의미 있는 것이라며 공산주의자들에게 동의하지 않았다. 반면에 또 다른 진화론자들은 말하기를 노동은 중요하며 사회 과학은 생물학과 똑같은 법칙과 기제에 의해 좌우되기 때문에 인간에 대한 지나친 보살핌이나 사회 복지 등등은 나태를 조장하며 인류의 진화를 방해한다고 했다.

자연은 변태적이다

인간은 원숭이로부터 생겨났다

공산주의자들은 하느님이 존재하지 않으며 오직 물질만이 존재한다고 말했고 힘들여 노동하는 모든 사람을 위한 정의가 지배하는 새로운 세상을 건설해야 하는데 그러면 더 이상 아무도 다른 사람을 부러워하지 않을 것이니 왜냐하면 모든 사람이 모든 것을 가질 것이고 다른 모든 사람이 갖지 못한 것을 가진 사람은 아무도 없게 될 것이기 때문이라고 했다. 그러나 새로운 세계가 탄생하기 전에 구세계는 그 뿌리부터 파괴되어야 하고 사람들은 새로운 사고방식을 배워야만 하는데 왜냐하면 새로운 사고방식 없이는 새로운 세계가 생겨날 수 없기 때문이라는 것이었다. 그리고 공산주의자들은 모든 사람이 진보의 편에 설 것인지 결정해야 한다고 말했으니 왜냐하면 그러지 않을 경우 역사의 폭풍에 휩쓸려 버릴 것이기 때문이었다. 공산주의자들은 또 10월 혁명이 사실상 역사의 끝을 불러왔다고 주장했는데 왜냐하면 공산주의란 곧 인류 공동체의 역사적 의미의 실현이며 공산주의가 세계 전체를 제패하여 역사의 존재 이유 같은 건 사라져 버릴 날이 머지않았기 때문이라는 것이었다. 그리고 그들은 공산주의란 정치 체제가 아닌 역사의 한 항목이라고 말했고 이 사실을 이해하지 못한 채 옛날 방식으로 생각하는 사람들 예를 들면 반역자와 이기주의자와 질투심 많고 체제 전복적인 분자들과 알코올 중독자 등등을 위해 역사의 쓰레기통이라고 부르는 특별한 장소를 만들어 냈는데 왜냐하면 공산주의가 세계를 제패하기 전까지는 누가 역사에 속하지 않는지 알아야 하기 때문이었다. 나중에 역사학자들은 공산주의가 인류 문명에 대한 새로운 위험을 드러냈다고 말했는데 그 위험이란 역사적 기억의 실종이며 이전에도 여러 독재 정권이 도서관과 박물관 등등에서 기억을 검열했다는 것이었다. 역사학자들에 따르면 공산주의자들은 기억의 말살을 공적인 혹은 개인적인 삶의 모든 영역까지 확대했고 법적인 원칙으로 승화시켰는데 이것은 독창적인 방법이었다. 그리고 1917년 공산주의자들은 혁명 재판을 발명해 내서 반역자와 체제 전복적인 분자들을 재판했고 여기서는 오후 한나절 만에 최대 350번의 사형 선고를 내릴 수 있었는데 이것은 옛날 방식으로 생각하는 법정에서라면 불가능했을 것이며 동시에 공산주의자들은 반역자와 체제 전복적인 분자들로부터 자백을 받아 내고 다른 반역자와 체제 전복적인 분자들의 주소까지 알아낼 수 있는 더 새롭고 현대적인 고문 방법을 도입했다. 가장 유명한 고문으로는 〈귀〉와 〈제비〉와 〈수영〉과 〈매니큐어〉 그리고 〈아기 코끼리〉가 있었는데 그것은 체제 전복적인 분자를 의자나 책상에 묶고 머리에 방독면을 씌워 공기가 통하지 않게 한 뒤에 공산주의자들이 체제 전복적인 분자를 막대기로 때리면 체제 전복적인 분자는 점점 간헐적으로 숨을 못 쉬게 되다가 곧 기절하고 그러면 공산주의자들은 방독면을 벗기고 체제 전복적인 분자를 소생시킨 다음 자백과 주소를 요구하는 방법이었다. 그리고 공산주의자들은 어떤 역사적 사건에 대해 그 일이 일어나지 않았다고 그저 부정하는 것이 아니라 사건을 역사 속에 남겨 두면서 완전히 재창조한다는 점에서 또한 독창적이었다. 그리고 체제 전복적인 분자가 질문에 대답을 거부하면 공산주의자들은 그들을 특별히 훈련된 개들에게 던져 주었으며 이 개들은 1로 혹은 2호 혹은 3호 등등으로 알려져 있었는데 왜냐하면 새로운 사회에서는 모든 것에 번호가 붙어 있기 때문이었다. 그리고 여러 가지 축하 행사와 전당 대회와 중요한 역사적 사건들의 사진은 점진적으로 보정되어 시간이 지나면서 반역을 저지르거나 음모를 꾀하거나 부르주아적 삶의 관념이나 잘못된 사고방식을 퍼뜨린 공산주의자들의 모습이 지워졌고 그래서 예를 들면 어떤 사진 속에서 처음에는 여덟 명이었던 공산주의자들이 끝에 가서는 두 명이나 세 명만 남게 되었다. 역사 위원회는 사진에 관심을 아주 많이 기울였는데 왜냐하면 사람들이 글로 쓰인 것을 믿지 않게 된 후에도 사진은 얼마 동안 계속해서 믿었기 때문에 역사의 행진에 발맞추어 새로운 증기 기관차

부르주아 기생충
전파자들

등등을 도입하는 것과 같은 방식으로 역사의 행진에 발맞추어 사진을 고치는 일 또한 필요하다고 결론을 내렸던 것이다. 그리고 1919년 공산주의자들은 체제 전복적인 분자와 미치광이들을 위한 특별한 정신 병원을 발명해 냈는데 왜냐하면 혁명에 반대하는 사람은 체제 전복적인 분자나 미치광이 둘 중 하나일 거라고 결론지었기 때문이다. 그리고 체제 전복적인 분자는 강제 수용소로 보내고 미치광이는 정신 병원으로 보냈는데 그러면 그들은 그곳에서 세뇌라고 불리는 특별한 치료를 받았다. 병든 두뇌를 세척해서 그 안에 옛날 것은 하나도 남기지 않은 채 새로운 관념을 받아들일 수 있도록 하기 위해서였다.

새로운 관념

세기말 민주주의 국가에 사는 사람들은 민주주의와 소비자 사회가 어떻게 보면 또한 기억의 소멸로도 이어진다는 느낌을 갖기 시작했는데 그들은 말하기를 지나치게 많은 양의 정보는 공산주의 검열과 똑같이 위험하고 사람들은 전통과 뿌리 등등으로부터 단절되었으며 소비자 사회는 쾌락주의적이기 때문에 어쩔 수 없이 망각을 향해 갈 수밖에 없다고 했다. 그리고 장기적으로 보면 지나치게 많은 양의 정보는 공산주의의 검열보다 훨씬 더 위험한데 왜냐하면 어떠한 반응이나 저항 의지도 촉발시키지 않으며 그 대신 피로와 체념을 불러일으키기 때

지나친 정보는
위험하다

문이라고 했다. 그리고 민주적인 정권은 문화적이고 역사적인 모든 배경 자료를 사라지게 하고 따라서 획일성의 독재로 이어진다고 했다. 그러나 다른 사람들은 기억이란 사실 어떤 사건의 보존과 소멸 사이에 일어나는 상호 작용이며 기억은 원래 선별적인 것이니 그렇지 않다면 기억이 아니라 정신 장애일 거라고 지적했다. 그리고 또 다른 사람들은 자기 나름의 의견을 내어 기억은 구조

기억은 구성 요소가 아니다

적으로 서구 문명의 구성 요소가 아닌데 바로 그런 점에서 서구 문명은 다른 문명들과 다르고 기억보다 중요한 것은 보편 원칙과 일반 의지로 바로 그 덕분에 서구 문명은 타율성에서 자율성으로 옮겨 올 수 있었으며 민주주의는 기억이나 전통 등등의 문제가 아니라 공동체와 개인의 계약으로 그 자체에는 아무런 역사적이거나 인류학적 가치도 없지만 사회 제도의 운영과 관리를 가능하게 한다고 말했다. 그리고 서구 문명의 특징은 전위*avant-garde*의 원칙인데 이것은 예술뿐 아니라 과학과 정치에서도 마찬가지로 미래를 뜻하며 서구 사회에서 기억의 역할이란 아마도 정보 과학에서 말하는 기억의 개념과 가장 가깝게 들어맞을 거라고 했다. 프로그래머들은 롬ROM과 램RAM이라는 두 종류의 기억을 구분했지만 대부분의 보통 사람들은 컴퓨터의 기억에 대해 이야기할

자유 기억 장치

때 램 그러니까 즉 무작위로 접근할 수 있는 자유 기억

장치를 떠올렸고 민주주의와 소비자 사회가 기억의 소멸에 일조한다고 생각하는 사람들은 이것이야말로 모든 것이 예측 불가능한 기억 없는 세상의 전조라고 말했다.

원천으로의 회귀

젊은 사람들은 지혜의 원천으로 돌아가야 할 필요가 있으며 산업 사회와 의무 교육이 인간과 진정한 지식의 관계를 망가뜨렸다고 판단했다. 그리고 전에는 어린애들도 다 알던 것들 즉 여러 가지 약초를 알아보는 법이나 토끼 덫을 놓는 법이나 싱싱한 잔디를 엮어 공을 만드는 법이나 딸기 잎사귀를 말아서 담배를 만드는 법이나 그런 뒤에 집에서 야단맞지 않도록 쐐기풀 끓인 물로 양치질하는 법이 이제는 몇 안 되는 전문가들만 아는 일이 되어 버렸다고 말했다. 그리고 나이 든 사람들은 반대로 전에는 몇 안 되는 전문가들만 알던 것들 즉 제곱근 같은 것이 이제는 어린애들도 다 아는 것이 되어 버렸다고 말했다. 그러나 젊은 사람들은 제곱근이 아무짝에도 쓸모없는 것이라 믿었고 그래서 동양의 지혜를 발견하기 위해 인도와 네팔로 여행을 갔고 기독교적 도덕성은 사람들을 노예화한다고 말했고 유럽 사람들은 나무를 세는 법만 아는데 인도 사람들은 숲을 볼 줄 안다고 주장했다. 그리고 젊은 사람들은 폭력과 가난과 환경 오염의 세계에서 살기를 원치 않았고 그래서 미국이나 스코틀랜드나 프랑스 지역의 사람이 살지 않는 곳으로 떠나 그 곳에서 공동체를 형성한 다음 해시시[40]와 대마초를 피우고 성관계를 가지고 노래를 하고 아이들에게 자연과 조화를 이루어 사는 법을 가르치고 전통을 존중하고 손으로 북을 치고 화톳불 주위를 돌며 춤을 추고 사상을 설파했다. 공산주의 국가에서는 이런 일이 전혀 허용되지 않았고 모두가 똑같은 것을 배웠으며 사람들은 자유롭게 여행할 수 없었다. 공산주의 국가에서 진보라는 것은 모든 사람들이 노동자 계급의 이익을 위해 일하는 것을 뜻했고 가장 존중받는 것은 노동자 계급이었는데 왜냐하면 노동하는 사람들은 사회에서 당연한 권위를 가졌으며 모두 다 노동 계급 출신이기를 원했기 때문이다. 민주주의 국가에서 진보라는 것은 일반적으로 권위라는 건 아예 존재하지 않으며 다들 자기 마음 내키는 대로만 하는 것을 뜻하는 경향이 있었으나 사람들은 그래도 책임감 있게 행동하고 민주적인 마음으로 서로를 존중했다. 공산주의 국가에서 진보적인 작가들은 노동자로 산다는 것이야말로 책임감 있는 사람에게 일어날 수 있는 가장 좋은 일이라는 것을 보여 주기 위해 노동자 계급을 배경으로 한 소설을 썼고 혹은 처음에는 노동 계급을 경

40 *hashish*. 대마의 잎이나 꽃을 말려 농축한 것. 대마초와 성분은 같으나 농축되어 있기 때문에 약효가 훨씬 강하다.

멸하는 눈으로 바라보다가 노동자들 사이에 기쁨의 씨앗이 발효하고 있다는 사실을 깨닫고 마침내 자기도 노동자가 되기를 원하거나 최소한 노동하는 지식 계층의 구성원이 되어 새롭고 대범한 사상으로 노동자들을 돕고 싶어 하는 사람들의 이야기를 썼다. 민주주의 국가에서 진보적인 작가들은 권위와 기존 제도에 저항하는 주인공이 사회와의 갈등에도 불구하고 자유를 추구해 나가는 이야기를 썼다. 그리고 새로운 예술 협회들이 만들어졌는데 거기서 젊은 작가들은 글 쓰는 일에 대한 새로운 접근 방식과 실험적인 작법을 시도하여 세상의 부조리함을 표현하려 했다.

기쁨의 씨앗이 발효하다

세기말에 담배 피우는 남자는 담배 피우는 여자보다 3분의 1쯤 더 많았고 남자들은 또한 차도 더 자주 몰았는데 인구당 자동차의 숫자가 가장 많은 나라는 미국과 독일이었으며 담배 피우는 사람이 가장 많은 나라는 그리스였다. 여자들은 남자보다 오래 살았고 자살도 덜 했고 하루 동안 말하는 단어의 숫자가 남자보다 3분의 1쯤 더 많았으며 도시 사람들은 자전거를 타거나 스포츠 경기에 참여하거나 아침마다 길가에 나가 조깅을 하면서 폐를 재충전했다. 폐를 재충전하기 위한 아침 조깅은 미국인들이 발명한 것으로 미국인들은 반짝이는 소재로 만

여자들이 더 오래 살다

든 짧은 바지를 사 입고 허리 관절이 나가지 않도록 에어쿠션이 들어간 신발을 장만했는데 1985년 135명의 미국인이 조깅 때문에 심장 마비에 걸렸다. 세기말 사람들은 젊고 역동적으로 살고 싶어 하면서도 동시에 정치적이나 성적으로 올바르고 싶어 했으니 그것은 곧 여자를 유혹하거나 여자들에게 음탕하게 웃음 짓거나 등등을 해서는 안 되며 유대인과 독일인과 동성애자에 대한 농담을 해서도 안 된다는 뜻이었다. 그리고 어떤 여자들은 상사가 성적인 암시를 담은 말을 했다거나 얼굴에 비도덕적인 표정을 띤 채 집까지 태워다 주겠다고 제안했다는 이유로 소송을 걸었고 1997년 어떤 미국 변호사는 비서의 가슴골에 초콜릿을 떨어뜨렸다는 이유로 4백만 달러의 손해 배상금을 물어야 했다. 그리고 1998년 어떤 미국인들은 대통령을 탄핵하고 싶어 했는데 왜냐하면 그 대통령이 한 인턴 사원과 부적절한 관계를 가졌고 인턴의 가슴을 만졌고 인턴의 음부에 쿠바산 시가를 집어넣었고 가령 국방 장관과 전화를 한다거나 그럴 때 인턴에게 펠라티오를 요구했기 때문이며 그러던 중 미국인들이 이라크에 폭격을 하자 이라크 사람들은 미국인들이 자기네 대통령의 부적절한 행동에서 다른 데로 눈길을 돌리려 한다고 말했다. 유럽 사람들도 정치적으로 올바르고 싶어 했으나 성적으로는 조금 덜 그러했는데 왜냐

미국인들이 대통령을 탄핵하고 싶어 하다

하면 청도교적 경향이 강했던 미국과는 반대로 특히 라틴 계통 국가들에는 여성을 유혹하는 위대한 문화적 전통이 있었기 때문이다. 민주주의 국가에서 사람들의 평균 수명은 공산주의 국가보다 높았는데 왜냐하면 사람들이 의사도 더 자주 찾아가고 신선한 채소 등등을 먹었기 때문이며 반면에 공산주의 국가에서 사람들은 담배를 더 많이 피웠는데 왜냐하면 건강하게 오래오래 살아야 할 이유가 없었기 때문이고 한편 평균 수명이 가장 낮은 곳은 제3세계 국가들로 알려진 개발 도상국이었다. 세기말 선진화된 국가들에서 사람들은 평균적으로 78년을 살았고 평균 수명이 가장 짧은 사람들은 시에라리온[41]의 시민들로 이들은 평균 41년을 살았다. 그리고 사회학자들은 말하기를 여러 가지 기준에 의하면 캐나다와 프랑스 사람들이 가장 높은 생활 수준을 누린다고 했다. 그리고 미국은 18위였고 시에라리온은 187위였다. 도시 사람들이 시골 사람들보다 오래 살았고 하루 평균 다섯 단어를 더 말했다. 그리고 의사들은 사람들이 건강한 생활 습관을 유지하고 최적화된 의료 시술을 받는다면 110살이나 130살까지도 살 수 있다고 말했고 어떤 사람들은 언젠가 인류가 사실상 불멸하게 될 것이며 사람들이 오로지 예측 불가능한 사고나 자살로만 사망하는 이상 세

생활 수준

41 Sierra Leone. 아프리카 서부의 대서양 해안에 위치한 나라.

계가 도래할 거라고 생각했다. 심리학자들은 말하기를 엄청난 고령까지 살고 싶다면 과거에 집착하지 말고 미래를 내다보아야 하는데 왜냐하면 과거에 집착하는 것은 장수라는 관점에서 비생산적인 반면에 미래는 긴장되고 신나는 일들과 알 수 없는 가능성으로 가득하기 때문이라고 했으며 따라서 사람들은 20년이나 50년 후에 세상이 어떻게 될지 상상해 보았고 한편 정신과 의사들은 말하기를 개인의 기억은 어차피 현실과 상응하지 않으며 객관적 현실을 조작하는 일은 인간 정신의 방어 기제로 사람들이 과거를 조작할 수 있는 능력을 갖지 못했다면 지금보다 훨씬 빨리 죽었을 거라고 말했다. 제1차 세계 대전 동안에 여러 나라들에서 평균 수명은 10년에서 최대 12년까지 짧아졌지만 노동 계급에서는 반대로 평균 수명이 늘어났는데 왜냐하면 실업이 없었고 노동 계급의 남자와 여자들은 최후의 승리에 좀 더 보탬이 되고자 공장에 소속된 의사를 찾아가거나 식당 배급표를 챙기는 데 익숙해 있었기 때문이다. 그리고 많은 사람들이 병원에서 안락사 시술을 합법화해야 한다고 주장했고 몇몇 실험실에서는 사람들이 죽으면 시신을 꽁꽁 얼려서 언젠가 사람을 불멸로 만드는 방법이 발견되거나 인간을 복제하는 것이 가능해지는 날까지 보관하겠다고 제안했는데 왜냐하면 아직까지는 미색 동물[42]이나 무척

미래는 감동으로 가득하다

추동물이나 물벼룩이나 개구리나 양이나 소 등등을 복제하는 것만이 허용되었기 때문이다. 복제는 세포 하나로부터 살아 있는 유기체의 유전적 복제판을 만들어 내는 기술로 불멸을 성취하는 방법 중 하나였다.

제1차 세계 대전은 〈모든 전쟁을 끝낼 전쟁〉으로도 알려져 있었다. 전쟁 초기에는 모든 곳에서 이 말을 있는 그대로 믿었는데 왜냐하면 모두가 자기들이 이 전쟁에서 이길 것이며 그러면 평화의 시기가 도래할 것이므로 미래에는 더 이상 전쟁을 할 필요가 없을 거라고 믿었기 때문이다. 전쟁이 끝난 뒤에는 승전국에서만 전쟁을 이런 식으로 묘사했는데 왜냐하면 승전국 사람들은 미래에 더 이상 전쟁을 할 필요가 없을 거라고 믿었기 때문이고 패전국에서는 모든 사람이 다 그렇게 생각하지는 않았다. 제1차 세계 대전에서 승리한 쪽은 대략 프랑스와 영국이었고 대체로 진 쪽은 독일이었으며 제2차 세계 대전에서 승리한 쪽은 미국과 러시아 사람들이었고 대체로 진 쪽은 또 독일이었으며 그 이후에 일어난 전쟁은 〈차가운〉 전쟁이라고 불렸으니 왜냐하면 냉전 기간 동안 민주주의 국가들과 공산주의 국가들 사이에 직접적인 군

42 피낭동물, 즉 멍게나 미더덕처럼 암수한몸으로 무성 생식 혹은 유성 생식을 하는 동물을 말한다.

사적 충돌은 일어나지 않았기 때문이고 그 대신 제3국가들에서 대리 전쟁이 벌어졌는데 대체로 승리한 쪽은 미국인들이었고 대체로 진 쪽은 러시아인들이었다. 그리고 어떤 역사학자들은 전쟁이란 정치적 행동의 자연적인 연장선에 있다고 말했고 다른 사람들은 반대로 정치적 행동이야말로 전쟁의 연속이며 어찌 됐든 전쟁은 절대로 끝나지 않고 단지 변형되어 다른 형태로 나타날 뿐이라고 말했다. 그리고 1989년 유럽에서 공산주의가 몰락하자 많은 사람들이 민주주의가 마침내 승리했다고 믿었는데 왜냐하면 민주주의는 인류 역사상 가장 살인적이었던 두 개의 정권 즉 나치와 공산주의를 물리쳤기 때문이다. 사람들은 이것이 새로운 세계 질서를 정립할 절호의 기회라고 말했다. 그리고 공산주의가 9억에서 10억 명 정도의 죽음을 초래했다고들 했으나 옛 공산주의자들은 우선 그것이 완전히 사실은 아닐 거라고 말했고 혹시 그게 사실이더라도 상관은 없는데 왜냐하면 공산주의자들의 원래 의도는 좋았기 때문이라고 했다. 그리고 역사학자들은 공산주의가 연구 주제로 취급하기에는 너무 최근의 역사적 현상이지만 시간이 지나면 역사 연구의 주제가 될 것이며 사람들은 더 객관적인 다른 방식으로 공산주의에 접근할 거라고 말했다. 공산주의의 몰락 이전에 소비에트 연방과 동유럽은 〈동쪽의 빙하〉라고 불

전쟁은 절대
끝나지 않는다

렸는데 왜냐하면 그런 나라들에서 삶은 얼어붙어 딱딱해진 것처럼 경직되어 있었기 때문이고 1989년 서유럽의 많은 사람들은 동쪽의 국가들이 유럽 연합에 하루라도 빨리 가입해야 하며 그것이 유럽적 정체성을 풍성하게 해줄 거라고 말했다. 그리고 21세기가 오기를 약간 조급하게 기다리던 사람들은 민주주의가 마침내 승리했다고 결론짓고 미래에는 그 어떤 전체주의 정권도 존재할 수 없을 거라고 말했으니 왜냐하면 전체주의는 정보를 통제하고 미리 금지한다는 원칙에 따라 작동하는데 이제는 인터넷을 통해 전 세계 사람들이 빛의 속도로 공간을 가로질러 사상과 영감을 공유할 수 있게 되었으며 따라서 통제의 원칙이 더 이상 가능하지 않았기 때문이다. 그리고 대규모 강제 수용소가 있었던 솔로프키[43] 섬에서 공산주의자들은 갈매기와 제비갈매기와 바다쇠오리를 죽였는데 왜나하면 죄수들이 이런 동물들을 이용해서 해외에 메시지를 보내면 사람들이 강제 수용소에서 무슨 일이 일어나는지 알게 될 수 있기 때문이었다. 그리고 이르티시 강과 오비 강[44] 인근의 강제 수용소에 있는

43 Solovki. 러시아 북서부 백해(白海)에 있는 솔로베츠키 섬의 강제 수용소 이름. 본래 수도원이었으나 제정 러시아 시대에 정치범 수용소가 되었고 소련 시대에도 같은 용도의 〈특수 목적〉 감옥으로 사용되었다. 1939년 제2차 세계 대전이 발발하자 핀란드와 지리적으로 가깝다는 이유로 폐쇄되어 군사 기지로 전용되었다. 공산주의 몰락 이후 1992년 러시아 정교회에서 다시 수도원으로 복원하였다.

죄수들은 벌목 인부로 일하다가 손가락을 하나 잘라 내어 목재에 묶어서 강으로 띄워 보내면서 목재가 대도시로 흘러가 누군가 그 손가락을 보고 강제 수용소에서 뭔가 나쁜 일이 일어나고 있다는 사실을 깨달아 주기를 바랐다. 한편 시간이 지나면서 옛 공산권 국가의 사람들이 유럽적 정체성에 별 관심이 없으며 동유럽 사람들이 유럽 역사에 뭔가 불신을 가지고 있다는 사실이 명백해졌다. 어떤 서유럽 역사학자들은 동유럽 사람들에게 시간을 좀 주자며 40년간 이어진 공산주의가 만든 역사적 공백 때문에 그들에게는 역사의 역동성에 대한 자각이 없는 거라고 말했다. 그러나 동유럽 사람들은 상황을 다르게 보았으니 자신들이 서유럽 사람들에게 그 공백의 시기에 관한 귀중한 경험담을 제공해 줄 수 있다고 느끼기도 했고 자신들이 버려지고 방치되었다고 느끼기도 했다. 그리고 정신 분석가들은 중단된 역사란 중단된 성관계와 같으며 여기서의 오르가슴은 자발적인 행위의 자연스러운 결과가 아니라 좌절감을 극복하는 방법이라고 말했다.

펜테코스트파 신도들은 사람들이 열심히 기도하고 명상

44 이르티시Irtysh와 오비Ob'는 러시아 시베리아 서부를 흐르는 강의 이름이다.

하면 성령과 소통할 수 있다고 말했다. 성령과 소통하는 펜테코스트파 신도들은 알 수 없는 고대의 언어로 예를 들면 〈모크리 헤로호라 슈메트하나〉 혹은 〈하리 사하나 호 엔트로피호 케쉐헤르〉 혹은 〈다같과눈 이렁지의 너 은욕목 크르코의나〉라고 말했는데 심리 언어학자들은 펜테코스트파 신도들이 모든 인간의 의식 속에 존재하는 잠재적인 메타언어학적 활동을 되살리는 거라고 말했고 사회 언어학자들은 이것이 종교적이고 정치적인 담론의 불신에 대한 반작용으로 언어학적 관습의 신뢰도가 떨어지고 삶과 역사의 의미와 급진적 변화의 필요성에 대한 믿음이 사라지는 상황이 어떤 새롭고 알 수 없는 언어로 표현된 형태라고 말했다. 새로운 언어의 필요성은 종교적이고 사회적인 전통 가치들이 산업화된 세계로 대체된 이후로 끊임없이 급박하게 다가오고 있었으니 어떤 사람들은 보편적 언어의 발명을 제안하면서 모든 사람들이 같은 언어로 말한다면 세상에 평화가 찾아올 거라고 말했고 실제로 그런 언어를 발명했다. 제1차 세계 대전 동안에 소수 민족 출신 병사들이나 사투리를 사용하는 지역에서 온 병사들은 사령관이 명령을 내렸을 때 그 말을 알아듣지 못했고 그 때문에 여러 가지 오해와 전략적 실수들이 생겨났다. 그리고 1916년 어떤 브르통[45] 병사는 적의 총알에 맞아 손가락이 날아갔는데

모크리 헤로호라

보편적 언어

상관이 그를 의사에게 보냈지만 의사는 그런 하찮은 부상으로 자기를 찾아온 것이 애국적이지 못하다고 여겨서 병사를 군사 법정에 넘겼고 군사 법정에서는 병사를 총살하게 했는데 왜냐하면 그 브르통 병사가 상관의 명령에 따라 의사에게 갔다는 사실을 설명해 줄 통역관이 당시 휴가 중이었기 때문이다. 20세기 초에 만들어진 보편적 언어는 275개에 이르렀으니 그중 가장 잘 알려진 것은 에스페란토였고 에스페란토 옹호자들에 따르면 에스페란토는 전보와 비슷하지만 눈에 보이지 않는 끈으로 영혼을 이어 준다는 점에서 전보보다 더 나았다. 그리고 1909년 에스페란토 운동은 두 분파로 갈라졌는데 왜냐하면 기독교도와 반교권주의자와 무정부주의자들이 모두 에스페란토를 지지했기 때문이었으니 에스페란토를 지지하는 기독교도들은 에스페란토를 통해서 하느님의 나라가 더 빨리 지상에 도래할 수도 있다고 주장한 반면에 반교권주의자들과 무정부주의자들은 에스페란토가 사회적 의식의 표현이며 세계 혁명을 향한 첫걸음이라고 주장했다. 처음에 공산주의자들은 에스페란토를 적극적으로 홍보했으나 1937년 소비에트 정부에서 에

통역관이 휴가를 가다

45 *breton*. 프랑스 북서부 브르타뉴Bretagne 지방 사람. 이 지역 언어인 브레조네그Brezhoneg는 프랑스어와 같은 로망스어 계통이 아니라 켈트어 계통이며 현재는 사라질 위험에 처해 있다.

스페란토 신봉자들을 사해동포주의와 소비에트 정권에 대한 음모 혐의로 기소했고 5천5백 명의 에스페란토 신봉자들이 사형 선고를 받거나 강제 수용소에서 강제 노동을 하게 되었다. 그리고 어떤 소비에트 언어학자는 공산주의가 세계를 제패하면 새로운 세계는 그 어떤 언어도 없이 유지될 것인데 왜냐하면 모든 노동자들의 공생이 너무나 높은 경지에 이르러 말을 할 필요가 없어질 것이기 때문이고 따라서 사람들은 점차적으로 언어에 대해서는 전부 잊어버린 채 그저 접촉이나 혁명적 사고의 힘으로 소통하게 될 거라고 예측했다.

에스페란토 신봉자들의 음모

21세기를 약간 조급하게 기다리던 사람들은 정보 통제의 종말은 곧 제도 권력의 종말을 의미하며 이것이 민주화의 마지막 단계라고 말했는데 왜냐하면 미래에는 개인 혹은 시민들의 이익 집단이 권력을 쥐게 될 것이기 때문이었다. 그리고 이것은 궁극적으로 전통적 정치의 쇠퇴로 이어질 것이며 인터넷 사용자들은 초시민*hypercitizen*이라고 불리는 새로운 종류의 시민을 대표한다고 했다. 초시민은 초국가적이고 완전한 자유를 누리는 역사상 최초의 시민으로 누구든지 옛날 방식으로 생각하는 것을 그만두고 다르게 생각할 수만 있으면 초시민이 될 수 있었는데 왜냐하면 다가올 세계에서 질서와 노동과 자

평등한 초시민들

소통

본과 원료는 더 이상 아무런 역할도 하지 않을 것이기 때문이었다. 의회 민주주의는 초시민적 민주주의에 자리를 넘겨주게 될 것이고 모든 초시민은 다른 초시민들과 서로 평등할 것이며 모두가 인터랙티브하게 살게 될 것이었다. 그리고 매주 평균 언어 한 개와 3만 5천 헥타르의 숲이 사라졌다. 그리고 세계 인구의 96퍼센트가 240개의 언어를 말하는 반면 4퍼센트가 5821개의 언어를 말했고 51개의 언어는 사용자가 단 한 명뿐이었다. 그리고 1996년에는 UN에서 〈범세계적 언어Universal Network Language〉라는 프로그램을 시작해 많은 무정부주의자들이 에스페란토를 공부했으며 1910년에는 정치 지도자들을 암살하는 법을 설명하는 책자가 에스페란토로 출간되었다. 그리고 1921년 어떤 프랑스 무정부주의자는 프롤레타리아 에스페란토 사용자들에게 부르주아적인 에스페란토 조직을 버리고 자기에게 달려와 지부를 설립할 것을 권하기도 했다. 180개국 37억 명의 사람들이 인터넷을 사용할 수 있었고 자기와 같거나 비슷한 관심사를 가진 사람들과 의사소통을 할 수 있었고 인터넷에 접속하여 예를 들어 청소년 자녀들과 어떻게 대화하면 좋을지 스위스 엄마 연합에 조언을 구할 수 있었고 외계 생명체와 영적으로 교신하면서 다른 시민들과 접촉하기를 원하는 여러 시민들 혹은 소풍 갔다가 죽은 족제비를 발견하여 족제비의 일생에 대해 글을 쓴 위니펙[46] 학교의 어린이들과도 소통할 수 있었다. 그리고 공산주의자들은 〈나무 언어〉라 불리는 특별한 언어를 발명했는데 그 언어는 새로운 사회에서 사람들이 혁명적 사고의 힘으로 소통할 수 있기 전까지 사용될 예정이었다. 언어학자들은 나무 언어의 목적이 공식적인 영역과 비공식적인 영역에서의 의사소통 절차를 없애 버림으로써 인간 의식 속에서 언어 인지 구조를 강제로 뿌리 뽑으려는 거라고 말했다. 나무 언어의 주된 특징은 그 언어에서 사용되는 단어들이 권력의 기제를 가리키는 복잡한 암시 체계 안에서 작동한다는 점이었다. 따라서 단어들은 본래 의미를 박탈당하고 새로운 의미를 가지게 되었는데 말하는 사람이 정치적인 위계질서 안에서 서열이 높아질수록 단어가 가지는 의미의 범위가 넓어졌다. 그래서 공산주의자 한 명이 다른 사람을 만났을 때 예를 들어 〈댁의 구역에서 가을걷이 상황은 어떻습니까?〉라고 물어보면 다른 한 명은 〈농부들을 몰아쳐서 올해 계획을 달성했습니다〉 혹은 〈우리는 마지막 임무에 힘차게 돌입했습니다〉 혹은 〈동무들이 개선 제안서를 제출했습니다〉라고 대답했다. 처음에 나무 언어는 일이나 정부의 정치적인 결정과 관련해서 주로 쓰였지만 시간이 가면서 사람들

인지 구조

제안서

46 Winnipeg. 캐나다 매니토바Manitoba 주의 주도.

은 모든 것에 대해 나무 언어로 말하는 법을 배웠다. 예를 들면 날씨나 휴일이나 텔레비전 프로그램이나 혹은 아내가 술을 마시기 시작해서 학교의 학부모회에 참석하지 않으려 한다고 설명할 때 등등이었다.

전보

제1차 세계 대전 때 전보는 비밀 메시지를 보내거나 적의 메시지를 가로챈 뒤 적을 혼란시키기 위해 가짜 메시지를 보낼 때 주로 사용되었다. 그리고 제2차 세계 대전 때 영국인들은 비밀 메시지를 해독하기 위한 컴퓨터를 발명했으며 1960년대에 미국인들은 인터넷을 발명했는데 왜냐하면 언젠가 일어날 미래의 세계 전쟁에서 러시아인들이 자유와 민주주의를 위해 꼭 필요한 어떤 메시지를 가로챌까 두려웠기 때문이다. 그리고 37억 명의 사람들이 인터넷에 접속해서 자신들의 생각과 욕망에 대해 자유롭고도 거침없이 의사소통을 할 수 있게 되었다. 그리고 어떤 여행사에서는 인터넷을 통해 초시민 개개인이 원하는 바에 맞추어 멀리 떨어진 외국으로의 가상 여행을 저렴한 가격으로 제공했다. 그리고 여자들은 익명의 제공자에게 정자를 주문하기 위해 인터넷을 사용할 수 있었으며 어떤 실험실에서는 특별히 조건 좋은 남자들

조건 좋은 정자

예를 들어 천체 물리학자나 과학 전공자나 야구 선수 등등에게서 얻은 정자를 제공했다. 여자들은 115개의 여러

다른 기준 즉 국적과 혈통과 인종과 종교와 학력과 취미와 소일거리와 직업과 키와 몸무게와 혈액형과 머리카락 색깔과 몸에 털이 많은지 적은지와 고환 크기 등등에 따라 정자를 선택할 수 있어서 예를 들면 36세에 아프가니스탄 혈통이고 머리카락은 검고 눈은 푸른색인 미국인 생물학자의 정자나 아니면 42세에 침례교 신자이고 네덜란드와 우크라이나 혈통의 캔자스 출신 비행기 정비사의 정자나 아니면 17세에 재능 있고 고환이 작은 중국계 체스 선수의 정자를 구입할 수 있었다. 정액 하나의 가격은 미국 달러로 우송료 포함 평균 1050달러였으며 여자들은 정자 제공자의 녹음된 목소리도 구입할 수 있었다. 녹음된 내용은 〈안녕하세요! 날씨가 참 좋네요, 시골에서 산책하기에 딱 좋아요. 저에게 만족하시면 좋겠습니다〉였다. 그리고 녹음을 주문한 어떤 여자가 10퍼센트 할인을 받을 수 있을지 문의한 일도 있었는데 왜냐하면 정자 제공자의 발음이 안 좋았기 때문이다.

시골에서의 산책

산업 사회의 발전과 함께 알코올 중독도 유럽과 미국에 만연하게 되었고 많은 사람들이 알코올이야말로 인류의 악이며 사회의 자연적인 진화를 막는 장애물이라고 믿었다. 미국인들은 알코올 중독이 전형적인 유럽 사회의 질병이라고 여겼으니 알코올 중독은 주로 아일랜드인과

알코올 중독

이탈리아인들을 통해 미국에 전파되었던 것이다. 그러자 어떤 미국인들은 이에 대해 조치를 취하여 앞으로는 아일랜드인과 이탈리아인들이 사전에 정신과 감정과 사회성 검사를 받지 않으면 미국에 입국할 수 없게 해야 한다고 요구했다. 그리고 1919년 미국 정부는 알코올의 판매와 소비를 금지했으며 1921년에는 이주민 할당제가 발표되어 아일랜드와 이탈리아계 이주민의 숫자가 85퍼센트 감소했다. 그리고 1914년 미국 정신과 의사들은 건강하고 우월한 사회를 유지시키기 위해서 알코올 중독자들에게 즉각 불임 시술을 해야 한다고 주장했다. 유럽 사람들이 담배를 피우고 술을 마시고 오염된 공기를 호흡하는 반면 미국인들은 미국에서 건강하고 우월한 삶을 살 수 있다는 것을 자랑스러워했으며 2000년에는 앨라배마 주의 인종 간 결혼 금지법을 폐지했다. 그리고 미국인 의사들은 사람들에게 신선한 공기를 호흡하고 스포츠 경기에 참여하고 자전거를 타라고 권유했는데 왜냐하면 이런 것들이 건강을 지키는 방법이었기 때문이다. 자전거 타기는 주로 미국인 남자들을 위한 운동이었고 여성에게는 약간 맞지 않았는데 의사들은 여성이 자전거 안장에 음부와 클리토리스를 마찰시키는 것이 변태적인 성적 습관을 유발한다고 말했다. 여성의 변태적인 성적 습관을 막기 위해서 한때 가운데 구멍을 뚫은 특별한 안

여성의 변태적인 성적 습관

장이 생산되기도 했지만 그것은 좀 불편했다. 1980년대와 1990년대에는 자전거 타기가 널리 퍼졌는데 왜냐하면 선진국 사람들이 건강하게 살면서 여가 활동 등등에 참여하기를 원했기 때문이다. 가난한 나라 사람들도 자전거를 탔는데 왜냐하면 오토바이나 차를 살 돈이 없었기 때문이며 시에라리온에서는 성인 시민의 38퍼센트가 자전거를 가지고 있었다. 부유한 나라에서는 자동차가 많이 다녔으므로 도시에서 자전거 타는 사람들은 건강에 해로운 배기가스로부터 스스로를 보호하기 위해 마스크를 썼다. 가스는 환경을 오염시키고 대기에 이산화 탄소를 배출했으며 이산화 탄소는 온실 효과라는 현상에 일조했고 온실 효과는 지구의 기온을 올리는 데 일조했다. 원래는 온실 효과 덕분에 지구에 생명이 나타나고 지성을 가진 생물체가 살아갈 수 있게 되었지만 사람들이 산업적으로 살게 되면서 대기 중의 가스 농도가 증가하자 과학자들은 이것이 기후 불안정으로 이어질 거라고 말했다. 그리고 독일에서는 회사 사장들이 오래된 차를 가진 사원들에게 공장 입구에 주차하지 말아 달라고 부탁했는데 왜냐하면 고객들에게 나쁜 인상을 줄 수 있기 때문이었고 1999년 독일의 어떤 외판원은 낡고 더러운 차를 가지고 있었지만 게을러서 입구 바로 앞에 주차하고 상사의 질책을 무시했다는 이유로 해고되었다. 독

외판원이 해고되다

일에서 사람들은 1년에 열아홉 번 세차를 했고 영국에서는 1년에 열네 번 세차했으며 프랑스에서는 1년에 열 번 세차했고 미국에서는 1년에 스물여덟 번 세차했다. 차는 라틴계 국가보다 독일계 국가와 앵글로·색슨계 국가에서 더 중요했고 라틴계 국가에서 가장 중요한 것은 우아하게 살며 고급 취향의 넥타이를 하고 고급 신발을 신는 것 등등이었다. 그리고 1939년 나치는 유대인이 차를 운전하는 것을 금지하는 법을 제정했고 유대인이 차를 운전하는 것을 붙잡으면 나치는 그 유대인을 강제 수용소로 보냈다.

아미시파 사람들은 인터넷과 전쟁과 소비자 사회와 흡연과 알코올에 반대했고 전기를 좋아하지 않아서 불을 켤 때 등유 램프를 썼고 집단 거주지에 살면서 말이 끄는 마차를 타고 읍내에 나가 무공해 채소와 환경 친화적인 커피 그라인더와 환경 친화적인 화로와 등유 램프와 양초와 갈퀴와 달걀 휜자를 젓는 거품기를 팔았고 세계 종말을 기다렸는데 종말은 인터넷과 전쟁 등등을 끝내 줄 것이며 그때 아미시파 사람들은 선택받은 자들과 함께 하느님의 오른편에 앉게 될 것이었다. 그리고 여호와의 증인들은 흡연과 알코올이 피를 더럽힌다고 말했고 선지와 피순대를 먹기를 거부했고 수혈도 거부했는데 왜

피순대

냐하면 피를 섞는 것은 피순대나 알코올 섭취나 혼외정사와 마찬가지로 신의 말씀을 거역하는 일이었기 때문이다. 그리고 그들은 군에 입대하는 것도 거부했는데 왜냐하면 그들은 하느님의 왕국에 속하며 세속의 일들과는 상관이 없기 때문이었고 한편 그들은 독일과 소비에트 연방의 강제 수용소에서 많이 죽었는데 왜냐하면 그들의 태도가 혁명적 이상을 전복시키고 사회에 반사회적이며 반혁명적인 사상을 전파했기 때문이다. 공산주의자들은 반사회적이며 반혁명적인 분자들을 열여섯 종류로 분류했고 1919년에는 소비에트 연방의 각 행정 구역마다 의무적인 할당량을 배정했다. 첫 번째 할당량은 주어진 구역에서 총살당해야 할 반사회적이고 반혁명적인 분자들의 수를 나타냈으며 두 번째는 강제 수용소로 보내야 할 분자들의 수였다. 소비에트 정부는 또한 인민들에게 식량 배급표를 발급하는 것과 관련한 기준 목록도 입안했는데 이것은 계급 배급표로 알려졌다. 이 목록은 원래 다섯 종류의 시민 분류로 이루어져 있었지만 나중에 공산주의자들은 이 정도 분류로는 사회적이고 정치적인 기후를 완전히 반영할 수 없다고 결론짓고 서른세 가지 분류로 목록을 확장했으니 첫 번째 그룹에는 붉은 군대 병사와 정치위원이 포함되었고 마지막 그룹에는 부르주아 기생충과 게으름뱅이와 불량배와 정교회

사제와 의심스러운 국적의 시민들과 강제 수용소에 수용되기만을 기다리는 다른 여러 반사회적 분자들이 포함되었다. 그리고 1917년 10월 혁명이 일어났을 때 몇몇 정교회 사제들은 혁명이 세계 종말의 시작이며 사람들은 세상의 끝을 대비해야 한다고 말했다. 20세기에는 종말론 교파들이 크게 늘어났고 몇몇 교파에서는 구성원과 지지자들의 집단 자살을 조직했는데 왜냐하면 자살은 죽음 이후의 삶을 보장하는 가장 확실한 방법이었기 때문이다. 그리고 어떤 교파들은 거대한 지하 벙커를 짓고 그 안에 자체적인 발전기와 하수도까지 갖추어 세상이 끝난 뒤 최후 심판의 날이 올 때까지 교파의 신자들이 임시로 머무를 피난처를 마련해 두었다. 그리고 1999년에는 커피 그라인더와 양초와 달걀 흰자 젓는 거품기 등등이 보통 때보다 열두 배나 더 많이 팔렸는데 왜냐하면 사람들이 밀레니엄 버그가 가전 기구를 꺼버리고 전기 공급을 차단할까 봐 두려워했기 때문이다. 사회학자들은 전기 공급 체계가 무너져 텔레비전과 전자레인지와 은행 현금 입출금기가 작동을 멈추는 것에 대한 사람들의 두려움이 잠재적이고 억압된 천년 왕국설의 결과라고 생각했고 어떤 사람들은 이것이 서구 문명 역사의 결정적인 순간이 되어 혼란과 사회적 불안 등등으로 이어질 텐데 그것이 지나고 나면 서구 문명은 기술의 독재에

종말

사회적 불안

서 벗어나 조화롭고 영적이고 신비적인 새로운 시대로 접어들 수 있게 될 거라고 믿었다. 어떤 나라들은 정부에서 만약을 대비해 돈을 찍어 냈고 캐나다에서는 정부가 사람들에게 비상 탈출 연습을 시켰고 영국과 덴마크에서는 시민들이 욕조에 여분의 설탕과 밀가루를 비축해 두었고 핀란드에서는 약국에 있던 요오드 재고가 전부 팔려 나갔는데 왜냐하면 요오드는 핵 재앙이 일어날 경우 유용한 것으로 알려졌기 때문이고 핀란드인들은 밀레니엄 버그가 러시아에 있는 모든 핵 발전소의 보안 체계를 정지시킬까 봐 두려워했다. 사회학자들은 밀레니엄 버그가 이 시대의 사회적 상상 논리에 포함될 것이며 20세기의 악(惡)이란 뭔가 미세한 형태의 것이라 사람들은 이제 거대하고 복잡한 것 예를 들면 증기 기관차 등등은 두려워하지 않지만 대신 분자와 바이러스와 유전자와 프리온[47]을 두려워하게 되었다고 말했다. 그리고 정신분석가들은 밀레니엄 버그가 사실상 사회에서 친부 살해의 역할을 하기 때문에 이제 새로운 기술적 세대는 독립을 이루고 쾌락과 기쁨을 얻을 수 있을 거라고 말했다.

사회적 상상

부헨발트 강제 수용소 입구 위에는 〈각자에겐 각자의 몫

47 *prion*. 단백질성 감염성 입자. 흔히 광우병으로 알려진 크로이츠펠트-야콥병 등의 질환을 일으키는 것으로 알려져 있다.

이 있다〉라는 현판이 걸려 있었다. 부헨발트 수용소는 에터스베르크 언덕 경사면에 위치해 있었고 원래는 언덕 이름을 따서 그 명칭이 붙었다. 에터스베르크는 독일 역사에서 유명했는데 왜냐하면 잘 알려진 작가와 철학자들이 18세기와 19세기에 그곳에 모여서 산책을 하고 참나무 아래 앉아 유럽 문명의 의미에 대해 토론했기 때문이다. 에터스베르크 강제 수용소는 1937년 문을 열었지만 1년 뒤 바이마르 지역의 나치당 문화부에서 독일 민족의 문화 유산과 강제 수용소를 연관 짓는 것이 부적절하다며 이름을 바꾸어 달라고 당국에 요청했다. 그리고 1937년부터 1945년 사이에 나치 독일의 적들 5만 명이 부헨발트에서 죽었고 1945년부터 1950년 사이에 소비에트 연방과 독일 민주 공화국[48]의 적들 7천 명이 부헨발트에서 죽었다. 부헨발트 수용소는 학살과 강제 노동을 위한 다목적 수용소로 죄수들이 도착하는 순간 그들의 팔뚝에는 일련번호가 문신으로 새겨졌다. 그리고 전쟁이 시작된 뒤 첫 한 달 동안 죄수들은 이미 내용이 적혀 있는 엽서를 가족과 친지들에게 보내야 했다. 거기에는 〈숙소는 훌륭해요. 우리는 여기서 일해요. 다들 잘 대해주고 보살펴 줘요〉라고 적혀 있었다. 가족과 친척들은 엽서를 받았고 그것을 보낸 사람이 너무나 보고 싶어져

에터스베르크

48 GDR. 동독의 정식 명칭.

독일 행정 당국에 가서 어디 어디 수용소에 있는 가족이 나 친척과 합류하게 해달라고 부탁했다. 그리고 부헨발트의 어떤 그리스인 죄수는 피르고스[49]에 있는 아버지에게 엽서를 보냈는데 석 달 뒤에 아버지가 만나러 오자 열차 플랫폼에서 아버지에게 덤벼들어 독일군이 총으로 쏘기 전에 목 졸라 죽였다.

피르고스

강제 수용소에서는 과학 실험도 이루어졌다. 과학 실험은 대부분 여러 가지 방법의 불임 시술과 거세와 고통에 대한 저항력을 알아보는 실험으로 이루어졌는데 고통 실험은 주로 힘 세고 젊은 죄수들이 대상이 되어 한쪽 발이 잘려 나가거나 뼈에서 살이 벗겨지거나 등등의 일을 겪었고 혹은 쌍둥이에 대한 여러 가지 실험도 행해졌으니 그 덕분에 유전학 분야의 새로운 가설들이 형성되어 전문가들 사이에 널리 회자되었다. 그리고 만약에 죄수 중 누군가 눈에 확 띄게 유대인다워 보이는 사람이 나타나면 나치는 그의 목을 잘라 포장한 다음 독일 학교에 보내서 젊은 사람들에게 유대인을 첫눈에 알아보는 법을 가르쳤다. 유대인들은 코가 구부러지고 눈이 사악하고 시선을 이리저리 피하고 손가락이 길고 말라빠진 것으로 알아볼 수 있었으며 종종 몸이 약하고 병에 잘 걸

쌍둥이 실험

유대인들은 코가 구부러졌다

49 Pyrgos. 그리스 서부 엘리스Elis의 주도.

리는 것으로도 알아볼 수 있었는데 왜냐하면 자연이 그들을 품에서 내버렸기 때문이다. 20세기에는 의학이 엄청나게 발전해서 의사들은 페니실린과 의무적인 예방 접종과 수혈과 피임 도구와 발기 촉진제를 발명했고 여자들은 산부인과 병원에서 아이를 낳고 모성 휴가를 받았으며 사람들은 이제 집에서 죽는 대신 병원에서 현대적인 의료 체제가 제공할 수 있는 최고의 시설에 둘러싸인 채 죽었다. 그리고 네덜란드 과학자들은 소의 배아에 사람의 유전자를 주입한 형질 전환 소를 발명했고 이 소들은 자라서 인간 모유를 생산했는데 이것은 다발성 경화증 예방에 좋다고 알려졌다. 그러나 뉴 에이지를 믿는 사람들은 현대 의학이 인간의 자기 관리 능력을 파괴한다고 주장하며 의사를 찾아가 예방 치료를 받는 대신 특별한 자가 치료 방법을 권했는데 그 방법이란 환자들이 긍정적인 사고를 통해 스스로 정신 구조를 바꾸어 더 이상 아프지 않은 새로운 생리학적 상태로 변이하는 것이었다. 그리고 그들은 세상의 진정한 변화란 과학적 혁명이나 어떤 새로운 종교나 정치적 혹은 경제적 개혁의 결과가 아니라 사람들을 책임감 있고 관용적인 주체로 만들어 줄 개인의 영적 깨달음에서 비롯되는 것이며 역사적 기억은 우주적 기억으로 대체될 거라고 말했다. 그리고 오리건 주에서 미국인들은 의료 전문가가 감독하는 자살을 합법화했으며 네덜란드 사람들은 안락사를 합법화했다. 그리고 더 이상 아무도 절대적으로 가난하지 않았고 모두 다 냉장고와 텔레비전과 유급 휴가 등등을 갖고 있었고 과학자들은 비닐과 베이클라이트[50]와 폴리에틸렌과 마이크로프로세서를 발명했고 발명가들은 일회용 제품 예를 들면 일회용 라이터와 일회용 펜과 일회용 면도기와 일회용 포장과 일회용 병과 일회용 탐폰과 일회용 기저귀와 일회용 카메라와 일회용 피하 주사기를 발명했고 사회학자들은 사회가 일회용 물건들의 새로운 문화적 시대에 접어들었다고 말했고 선진국들은 부유해지면서 실업률이 높아졌는데 왜냐하면 사람들이 적게 일할수록 더 부자가 되었기 때문이다. 광고 대행사들은 독창적이고 재치 있는 광고를 발명해 냈고 보험 회사들은 〈현실적으로 생각하라, 불가능을 요구하라〉라고 선언했고 자동차 회사들은 〈마침내 상상력이 힘을 가졌다〉라고 선언했고 농축 세제 회사들은 〈푸른색은 재발명되기 전까지 회색일 것이다〉라고 선언했고 민주주의 국가들에서는 대통령을 두 번까지만 할 수 있도록 하는 법이 통과되었는데 임기는 대부분 4년이나 5년으로 정해서 신선하고 혁신적인 발상이 지속적으로 공급되도록 또한

50 *bakelite*. 최초의 인공 플라스틱. 1907년 벨기에 출신 미국 화학자 레오 베이클랜드Leo Baekeland가 발명했다.

역동적인 변화

사회가 역동성을 가지고 끊임없이 새로워지도록 만전을 기했다. 그리고 철학자들은 세상이 문명 복제의 시대에 도달했으며 모든 것이 단지 복제의 복제의 또 다른 복제 등등일 뿐이라고 말했다. 그리고 의사들은 정자와 난자를 배양기에 넣어서 성관계 없이 아이를 만들어 내는 방법을 발명했다. 이렇게 해서 태어난 아이들은 시험관 아기로 알려졌으며 첫 시험관 아기는 1978년에 태어났는데 이 방법을 발명한 의사는 여분의 쌍둥이를 생산할 수 있도록 배양기 안에서 난자를 반으로 자르자고 제안했다. 쌍둥이 중 첫째를 어머니의 자궁 안에 넣고 다른 한쪽은 냉동해 두면 자궁에서 태어난 아이가 자라서 나중에 내장 기관이 낡아 버릴 때 냉동된 쌍둥이가 대체할 장기를 제공할 수 있다는 것이었다.

여분의 쌍둥이

또 다른 열등한 인종은 집시와 슬라브인들이었다. 집시들은 외모가 불길하고 지적 잠재력이 제한되어 있으며 도둑질과 살인에 대한 천성적 경향성을 가지고 있었다. 슬라브인들도 마찬가지로 지적 잠재력이 제한되어 있고 아첨과 노예 상태에 대한 천성적 경향성을 보였지만 동시에 게으르고 가장 단순한 일에도 집중할 능력이 없었다. 나치는 슬라브인들을 〈인간 이하*Untermenschen*〉라고 불렀는데 이는 그들이 사람 즉 〈*Menschen*〉보다 낮은

집시들은 외모가 불길하다

발달 수준에 있다는 뜻이었다. 두개골이 긴 슬라브인 자녀 중에서 독일계 혈통임을 증명할 수 있는 아이들은 부모와 떨어져 독일인 위탁 부모에게 맡겨져야 했다.[51] 나치는 장두형 슬라브인이 폴란드에 12퍼센트 있고 카르파티아 산맥 인근 루테니아 지역[52]에 25퍼센트 있고 우크라이나에 35퍼센트 있고 체코에는 최대 50퍼센트가 있을 거라고 대략적으로 추산했다. 집시와 유대인들을 가리키는 말은 〈*Lebensunwert*〉로 즉 생존 가치가 없다는 뜻이었고 50만 명의 집시와 3백만 명의 유대인들이 강제 수용소에서 죽었으며 250만 명이 넘는 유대인들이 게토에서 죽거나 기습과 대규모 처형으로 죽거나 강제 수용소로 가는 도중에 죽었다. 그리고 1941년 〈특별 행동 부대Einsatzgruppen〉라는 이름의 특수한 군부대가 점령지에서 가능한 한 많은 유대인들을 쏘아 죽이라는 명령을 받고 반년 만에 80만 명을 쏘아 죽였다. 그리고 독일 군부대에 보내는 비누에는 RJF라는 글자가 찍혔는

두개골이 긴 슬라브인

51 두개골이 긴 장두형과 두개골이 짧은 단두형은 머리 길이에 대한 머리 폭의 백분율을 계측하여 구분한다. 쉽게 말해 뒤통수에서 코까지의 길이가 길어서 위에서 본 머리 형태가 길쭉하면 장두형, 둥글게 보이면 단두형이다. 장두형은 흑인과 일부 백인에 많이 나타나지만 슬라브 인종은 백인이라도 단두형인 경우가 많다.

52 카르파티아Carpathia 산맥은 중부 유럽의 오스트리아, 체코, 폴란드, 슬로바키아, 헝가리, 루마니아, 우크라이나와 세르비아까지 둥글게 이어지는 산맥. 루테니아Ruthenia는 러시아, 우크라이나, 벨라루스와 폴란드에 걸친 지역과 이 지역에서 사는 슬라브계 소수 민족을 일컫는다.

데 어떤 역사학자들은 이것이 〈*Reines Judenfett*〉 즉 〈순수 유대인 지방〉의 머리글자라고 말했으며 다른 역사학자들은 〈지방 세제 담당 산업 센터〉의 줄임말이라고 말했다. 그리고 1905년 독일의 집시 문제 연구소에서는 『집시 책*Zigeunerbuch*』을 출간했는데 이 책에서 정신과 의사와 인류학자와 생물학자들은 집시가 어째서 열등하며 사회에서 어떠한 위험을 대표할 수 있는지 설명했다. 그리고 1922년 독일인들은 집시를 대상으로 한 인체 계측 서류를 발명해서 이것으로 출생증명서를 대신했으며 1939년에는 모든 집시들을 강제 수용소에 모아 놓고 최종 해결책으로 옮겨 가기로 결정했는데 이 해결책은 당시 포괄적 안락사라는 이름으로 알려져 있었다. 그리고 1941년에는 어떤 장두형 폴란드인이 새로운 보편적 언어인 글로벌 독일어*global-german*를 발명했다. 그리고 1936년에 나치는 〈레벤스보른Lebensborn〉[53] 혹은 〈생명의 샘〉이라고 알려진 조직을 설립했고 여기서 자기 아이를 조국에 바치고자 하는 독일인 여성들이 임신을 했다. 이 조직은 여덟 개의 임신 전문 기관과 열네 개의 산부인과 병원과 여섯 개의 보육원을 운영하며 나치 친위

생명의 샘

53 아리아인을 보존하고 보호하기 위하여 설립된 인간 교배 실험장. 이후 독일 전역의 순수 아리아인을 납치하여 나치 독일에 충성하도록 세뇌·교육시켰다.

대Schutzstaffel[54] 중 선별된 대원에 의해 임신한 독일 여성의 아이들은 물론 장두형 슬라브인의 아이들도 양육했는데 그곳 임신 전문 기관 입구 위에는 우물과 북방계 혈통을 상징하는 커다란 북극성이 그려진 작은곰자리 로고가 붙어 있었다. 그리고 1944년 비르케나우 강제 수용소 행정부는 남은 집시들 전부를 지체 없이 가스실로 보내라는 명령을 받고 〈집시의 밤*Zigeunernächt*〉으로 알려진 특별한 야간 근무조를 편성했다. 그리고 그사이에 더욱더 많은 보편적 언어들이 생겨났는데 코스모링구오*kosmolinguo*나 라티눌루스*latinulus*나 문디알*mundial*이나 코스만*cosman*이나 코문*komun*이나 뉴트럴*neutral*이나 심플리모*simplimo* 등이 그것들이었다. 그리고 1985년 세계 유대인 위원회에서는 유대인들은 집시 민족에게 완전히 공감하지만 집시 안락사는 인종이 아니라 사회적 우생학을 바탕으로 실행된 것이기 때문에 진정한 인종 학살이 아니라는 선언문을 발표했다.

나중에 역사학자들은 20세기의 정권을 전체주의와 권위주의와 민주주의라는 세 가지 종류로 나누었다. 전체주의 정권은 공산주의와 나치 정권이었고 권위주의 정권은 파시스트 정권과 파시스트에서 영감을 얻어 제1차 세계

54 SS. 아돌프 히틀러Adolf Hitler를 호위했던 나치당 내 조직.

대전 이후 이탈리아와 스페인과 포르투갈과 그리스와 폴란드와 루마니아와 헝가리와 에스토니아와 라트비아 등지에서 생겨난 독재 정권들이었다. 공산주의자들은 파시즘과 나치즘이 사실상 동일하다고 말했지만 대부분의 역사학자들은 이 생각에 동의하지 않았고 파시즘이 근본적으로 보편적이며 어디에나 이식되어 특정한 문화적 역사적 조건 안에 즉각적으로 적용될 수 있는 반면에 공산주의와 나치즘은 근본적으로 적용 불가능한데 왜냐하면 그 안에서 현실이 이데올로기에 종속되기 때문이라고 말했다. 그리고 그것이 공산주의와 나치즘의 전체주의적 속성이라고 했다. 그리고 또 말하기를 파시즘은 우익에도 좌익에도 적용 가능하며 나이 든 시민들과 혁명적 사고방식을 지닌 젊은 사람들 양쪽을 대상으로 전자에게는 질서의 회복을 약속하고 후자에게는 모든 것이 영원토록 젊음으로 가득한 새로운 세상의 창조를 약속한다는 것이었다. 영원토록 젊음으로 가득한 세상은 파시스트만이 아니라 공산주의자들도 공유하는 것이었지만 공산주의자들은 나이 든 시민을 위해 질서를 회복시킬 생각이 전혀 없었다. 그리고 젊은 사람들은 미래를 향해 고개를 돌렸고 바람은 옥수숫대를 스치고 지나갔으며 태양은 지평선 위로 솟아올랐다. 그리고 정신 분석가들은 분석하기를 대부분의 독일인들이 나치 사상에 동

파시즘은 보편적이다

미래를 향해 고개를 돌리다

의한 것은 사실 성적인 좌절감의 표현이고 실제로 독일인들이 아버지의 형상을 찾고 있었던 반면에 공산주의는 유아 단계에 머물러 있는 사도마조히즘의 표현에 더 가깝다고 했다.

공산주의자들은 〈건강한 신체에 건강한 정신〉을 선언했고 정신 분석이야말로 부르주아 사회 쇠퇴의 증거로 그런 사회에서 사람들은 자본주의가 내면에 발생시킨 좌절감과 열등감에 대해 보상을 받으려 하는 법이라고 주장했다. 그리고 1929년 레닌그라드[55]의 우생학 연구소에서는 소비에트 노동자들 가운데 특히 우수한 성과를 보이는 개인들을 선별하고 임신 전문 센터를 설립해 그 선별된 개인들이 소비에트 여성들을 임신시키도록 하자고 제안했는데 레닌그라드 우생학자들의 계산에 의하면 특별히 우수한 성과를 보이는 노동자 한 명이 소비에트 인민들에게 최대 1천1백 명의 숙련된 노동자를 공급할 수 있으며 그렇게 해서 미래에 찾아올 계급 없는 사회의 건강한 핵심 계층을 한층 공고히 할 수 있다는 것이었다. 공산주의자들은 아침마다 공장과 사무실 노동자들을 위해 건강 체조를 실시했고 일을 더 능률적으로 할 수 있도

55 Leningrad. 러시아 북서부에 있는 대도시 상트페테르부르크Sankt Peterburg의 소련 시절 명칭.

록 라디오를 통해 흥겨운 음악을 틀어 주었고 퍼레이드와 스파르타키아드를 실시하며 이것이 인민의 원천에서 샘솟는 영감을 받은 새로운 예술이라고 말했다. 그리고 나치는 예술이란 미학이 아니라 생물학적 문제이며 진정한 예술은 민족의 영혼이자 모두의 것이라고 말했다.

예술은 모두의 것

그리고 공산주의자들은 예술이란 나비의 고치처럼 낙관적이어야 하지만 동시에 미래를 향한 인민의 행진처럼 단호해야 한다고 말했다. 그리고 그들은 멀리서도 눈에 띄는 기념비적인 예술 예를 들면 조각상이나 프레스코 벽화나 거대한 그림을 선전했는데 이는 보통 사람들도 예술에서 즐거움을 얻을 수 있도록 하기 위해서였다. 나치는 현대 예술이 퇴폐적이며 새로운 예술적 표현은 인민의 샘솟는 원천에서 영감을 얻어야 한다고 말했으며 공산주의자들은 예술가들이 보통 사람들과 구별되기 위해 일부러 퇴폐적인 예술을 만들어 내는 건 아닌지 의심했다. 그리고 공산주의자들은 새로운 예술적 표현과 신선한 발상을 찾아내야 한다고 말하면서도 시간이 지남에 따라 신선한 발상에도 의심을 품기 시작했는데 왜냐하면 그런 발상이 실제로는 모더니즘이라는 핑계 아래 진정하고 혁명적인 혁신을 거부하는 부르주아적 사고방식의 표현일 수도 있었기 때문이다. 그리고 그들은 콧수염을 기르거나 모자를 쓰거나 야단스러운 외투를 입거

신선한 발상

나 카페에 앉아 공책에다가 그림을 그리는 사람들을 의심하기 시작했다. 그리고 그들은 예술이란 새로운 삶의 표현으로 낙관적인 동시에 단호해야 한다고 말했고 아침마다 건강 체조를 실시했고 라디오를 통해 노동자들에게 노래를 틀어 주었다.

공산주의자들은 1918년 혁명의 승리를 앞당기고 프롤레타리아 독재를 강화하기 위해 강제 수용소를 발명했고 역사학자들에 따르면 소비에트 강제 수용소에서 죽은 사람은 1천5백만에서 2천만 명에 이르며 이후 35년 동안 소비에트 연방의 성인 일곱 명 중 한 명이 강제 수용소에서 삶의 일부를 보냈다. 그리고 1916년 아일랜드에서 봉기가 일어났다. 그리고 1917년에는 차르 정권을 계승한 정부에서 약속한 토지와 가축 분배를 놓치지 않기 위해 2백만 명이 넘는 병사들이 집으로 돌아가고자 러시아 군대에서 탈영했다. 아일랜드 봉기는 〈시인 혁명〉으로 알려졌는데 왜냐하면 아일랜드 혁명 위원회의 4분의 3이 아일랜드 공화국 건설을 원하는 시인들이었기 때문이고 그들은 영국군이 개입하기에는 그럴 만한 여력이 없을 거라고 생각했는데 왜냐하면 영국군 대부분은 당시 프랑스와 벨기에 등지에서 독일군을 상대로 싸우고 있었기 때문이다. 중요한 것은 프롤레타리아 독재를 강

프롤레타리아 독재

노동자들이 파업하다

화하는 것이었으니 왜냐하면 공산주의자들은 부르주아와 싸워야 할 뿐만 아니라 혁명에 대해서 다른 견해를 주장하고 반란을 일으키고 파업하고 혁명 과업을 완수하기를 거부하는 도시 노동자들과 시골의 농부들과도 싸워야만 했기 때문이다. 그리고 시인 혁명에서는 반군 예순두 명과 영국군 병사 150명이 죽었다. 그리고 혁명 과업을 완수하려 하지 않는 농부들은 강제 수용소로 보내지거나 총살당했는데 그들은 자기들의 소나 양을 내놓기를 거부하다가 추수한 곡물과 소와 닭 등등을 몰수당하자 소비에트 정권에 적대적인 행위에 착수하여 한밤중에 집단 농장의 밭에 들어가 옥수수를 훔쳤던 것이다. 나중에 공산주의자들은 농민 계층의 적대적인 대응을 무너뜨리는 방법으로 우크라이나와 북(北)캅카스 혹은 카자흐스탄의 농업 지대에 기근을 일으키는 것이 가장 효과적이라는 결론을 내렸다. 그들은 열차 진로를 돌리고 접근 경로를 차단하고 가게를 폐쇄하고 시장 거래를 금지시키는 등등의 방법으로 6백만 명을 굶겨 죽였다. 그리고 어떤 사람들은 가족과 친척의 시신을 숨겼다가 암시장에 내다 팔거나 이웃에게 팔았고 그렇게 받은 돈으로 다른 시신의 고기를 샀는데 왜냐하면 지난 시절 함께 즐거운 시간을 보냈던 사람들의 살을 먹고 싶지 않았기 때문이다. 시신의 뼈는 고아서 국물을 냈고 간은 파이

속을 채우는 데 사용했다. 그리고 어떤 농부는 보고슬로프카[56] 마을 인근 공동묘지 주변에 정착해서 시신의 고기를 요리해 먹었는데 공산주의자들이 그를 찾아내어 다른 사람들에게 본보기가 되게끔 총살했다. 본래 강제 수용소는 두 종류로 노동 수용소와 특별 수용소가 있었는데 노동 수용소에서는 알코올 중독자와 불량배와 최소한의 교대 근무 횟수를 채우지 못한 사람들과 매일의 혁명 과업 목표를 완수했는지 확인하지 않고 퇴근해 버린 사람들에게 올바른 노동 의식을 심어 주었으며 특별 수용소에서는 평판이 나쁘고 위험한 인물들과 다른 정당의 당원들과 파업하다가 잡혀 온 노동자들과 의심스러운 공무원들과 부르주아 기생충과 체제 전복적인 사람들과 미치광이와 무정부주의자와 토지 소유자와 감자 도둑과 반혁명 분자를 의무 할당량만큼 수용소에 보내지 못한 혁명 정치부 의원들에게 노동을 시켰다. 그리고 1922년 노동 수용소가 폐지되면서 특별 수용소만 남아 여기서 모두가 공공의 이익을 위해 함께 노동하게 되었다. 그리고 1923년 모스크바에서 퇴근하고 집에 돌아가는 노동자들을 조롱하던 불량배 두 명과 세 번 연속 일터에 지각한 한 선반공이 무롬[57]의 강제 수용소로 보내

부르주아 기생충

56 Bogoslovka. 러시아와 우크라이나에 매우 흔한 마을 이름으로 북캅카스 지역에도 보고슬로프카 마을이 존재한다.

졌는데 어느 날 밤 그 선반공이 그 두 불량배를 침상 널빤지로 때려 죽이는 일이 일어났으니 그 이유는 이들이 반소비에트적인 농담을 했기 때문이고 선반공은 누군가 자신이 반소비에트적인 농담을 들었다는 사실을 밀고해서 총살당하게 될까 봐 두려웠던 것이다. 그리고 제2차 세계 대전이 끝난 뒤 집에 돌아온 모든 러시아인 전쟁 포로들은 전쟁에 대한 의지가 부족하고 개인주의적 성향이 강하다는 의심을 받아서 강제 수용소로 보내졌다. 소비에트 연방으로 돌아온 전쟁 포로의 숫자는 227만 명이었고 강제 수용소에 평균 10년간 갇혀 있었는데 그것은 질병과 전염병에서 어떻게든 살아남았을 경우의 이야기였다. 그러나 강제 수용소에서 가장 흔한 사망 원인은 다리의 동상과 괴저(壞疽)[58]였으니 왜냐하면 사람들은 밤에 자는 동안 누가 훔쳐 갈까 봐서 장화를 신은 채 그대로 잠을 잤기 때문이다.

반소비에트적 농담

역사학자들은 1914년의 군사 동원이 독일과 오스트리아와 세르비아와 프랑스와 이탈리아 등지의 사회적 요구에 의해 촉발된 적절한 대응이며 제1차 세계 대전은 아마도 진정으로 민족적이고 애국적인 역사상 최초의

57 Murom. 러시아 모스크바 동쪽 3백 킬로미터에 위치한 오래된 도시.
58 혈액 공급 중단이나 세균 감염 때문에 조직이 썩는 현상.

전쟁일 거라고 말했다. 그리고 병사들이 어떤 도시를 가로질러 기차역으로 향할 때면 사람들이 모두 거리에 모여서 애국적인 구호를 외치며 병사들의 소총 총구에 카네이션을 꽂았고 밴드는 병사들을 위해 신나는 곡조를 연주했다. 그리고 1914년 의무 복무 제도가 없었던 영국에서는 150만 명 이상이 자원입대했다. 그리고 그들은 기차역까지 행진했고 현대 산업 사회가 그들의 내면에서 밀어내 버렸던 가치들 이를테면 조국에 대한 사랑과 용기와 희생 등이 전쟁으로 인해 되살아날 거라며 기뻐했다. 그러나 전쟁이 계속되면서 지뢰와 참호와 옴진드기와 쥐들이 점점 더 많아졌고 병사들은 도대체 무엇을 위해 싸우는지 점점 신념을 잃게 되었으며 자신들이 버려졌고 사랑받지 못한다고 느꼈다. 그리고 그들은 쥐를 쏘아 죽이기도 했고 손수 재떨이를 만들어 거기에 칼로 〈제25중대 만세〉 혹은 〈전쟁 기념품〉 혹은 〈건강을 위하여〉 혹은 〈더 이상은 싫어!〉 등등의 문장을 새기기도 했다. 제1차 세계 대전 이후 프랑스와 영국에는 평화주의자가 많아지고 여론도 평화를 사랑한다는 쪽이 대세였던 반면에 독일인들은 제복을 맞추고 탱크와 비행기를 제작했다. 그리고 스페인에서는 내전이 발발해서 파시스트들은 공산주의자들과 싸우고 공산주의자들은 혁명을 뒷받침하기 위해 무정부주의자들과 싸웠는데 무정부

팡파르가 울려 퍼지다

독일인들이 제복을 맞추다

주의자들은 혁명이 영원하기를 원했고 파시스트들은 혁명이 민족적이기를 원했다. 그리고 평화주의자들은 평화야말로 최고의 가치라고 말했지만 나치는 승리야말로 최고의 가치이며 인간의 운명에 존엄성을 가져다주는 것은 선과 악의 투쟁이라고 생각했고 공산주의자들은 공산주의의 승리를 앞당겨야만 한다고 생각했으며 스페인에서는 내전이 발발했고 독일인들은 폴란드와 덴마크와 노르웨이와 네덜란드와 벨기에와 프랑스를 침공했고 러시아인들은 폴란드와 에스토니아와 라트비아와 리투아니아와 핀란드와 루마니아를 침공했고 그렇게 해서 제2차 세계 대전이 일어났다는 사실이 명백해지기 시작했다.

어떤 역사학자들은 제2차 세계 대전을 제1차보다 선호했는데 제1차 세계 대전은 민족적이고 애국적인 전쟁인 반면에 제2차는 문명을 지키기 위한 전쟁이라는 것이었다. 그리고 제1차 세계 대전 때는 사람들이 이미 구식이 되어버린 편협한 관념들을 위해 싸웠지만 제2차 세계 대전 때는 인본주의의 이상을 지켰다는 얘기도 했다. 제2차 세계 대전 이후에 사람들은 평화주의자가 되지 않았고 대신 민주주의 국가와 공산주의 국가들 사이에 제3차 세계 대전이 일어나지 않을까 추측했다. 그리고 사방에서 스파이들이 염탐하고 돌아다녔다. 그리고 각국 정보부에서는 최후의 승리를 지원할 방법을 궁리했다. 그리고 과학자들은 새로운 무기와 새로운 독가스와 원자 폭탄과 탄두와 수송기와 낙하산 달린 폭탄과 전자기장 교란 장치와 중성자 방사 장치와 고분자 세포 독성을 발명했다. 그리고 새로운 과학적 발견과 발명품들과 사회적 현상과 이론들을 설명하기 위해 새로운 단어와 표현들이 고안되었는데 예를 들면 〈상대성 이론〉과 〈블랙홀〉과 〈텔레비전〉과 〈유고슬라비아〉와 〈인류에 대한 범죄〉와 〈라디오〉와 〈모뎀〉과 〈다다이즘〉과 〈사회 유전학〉과 〈포스트모더니즘〉과 〈인종 학살〉과 〈생명 윤리학〉과 〈우생학〉과 〈유전자 재결합법〉과 〈큐비즘〉과 〈우주 생물학〉과 〈핵분열〉과 〈대인 관계〉 등등이었다.

블랙홀

어떤 철학자들은 세상의 질서가 변화하는 기호와 일정한 기호 양쪽 모두를 지배하는 담론의 기제에 상응하는데 사실 이 기호의 분류에 대단한 의미가 있는 것은 아니니 모든 것이 다 게임이고 우연이고 무질서이고 과정이고 해체이고 텍스트의 상호성 등등이며 기호 자체는 사실상 의미의 매개물로 단지 정확히 어떤 의미의 매개물인지 우리가 알지 못하는 거라고 말했다. 그러나 다른 철학자들은 말하기를 기호란 담론과 세상을 만드는 재료로서 아무런 의미도 없는데 의미의 부재 안에서 주관과 현실 자체는 더 이상 존재하지 않으므로 역사란 그저 아무것도 표현하지 않는 지속적이고 형태 없는 움직임일 뿐이고 모든 것은 허구이며 시뮬레이션이라고 말했다. 그리고 인본주의의 쇠퇴는 필연적인데 왜냐하면 인본주의는 스스로 막다른 골목에 들어섰기 때문이며 그 이유는 바로 인본주의가 이미 애초의 목적을 달성하여 자유와 개인주의와 다원주의와 투명성 등등 그 고유한 가치들을 확증했기 때문이라고 했다. 그리고 또 말하기를 인본주의자들은 자기들이 뿌린 개인주의적이고 인터랙티브하고 건설적이고 투명하고 실용적인 세계라는 씨앗의 열매를 거두었으며 이제 그 세계가 스스로의 시뮬레이션 안에서 소멸되고 있으니 마지막 해결책은 현실을 과잉 현실로 대체하는 것이라고 했다. 그리고 어떤 수학자들은 현실이란 사실 인간의 뇌 속에 있는 수학적 구조물에 지나지 않는데 그것이 시간과 공간을 초월하여 어딘가 다른 차원에서 오는 주파수를 해석하는 것이고 따라서 뇌 자체가 우주를 반영하는 홀로그램이며 우주도 홀로그램이라고 말했다. 그리고 1993년에는 한때 나치 신봉자였던 어떤 나이 든 여성이 자기 뇌를 코펜하겐에 있는 실험실에 기증한다고 유언을 남겼는데 이유는 자기 뇌 속에 들어 있는 이미지를 손자와 손녀들에게 전하기 위

모든 것은 허구다

뇌는 홀로그램이다

해서였으니 그 나이 든 여성은 단 한 번도 손자와 손녀들에게 자기 인생에 대해 이야기해 줄 수 없었던 것이다.

그리고 1907년에 어떤 프랑스 사람이 엔진 달린 항공기를 타고 영국 해협을 건넜고 1910년에는 어떤 페루 사람이 엔진 달린 항공기를 타고 이탈리아의 알프스 산맥 위를 비행했고 1911년에는 이탈리아 사람들이 엔진 달린 항공기를 터키와의 전쟁에 이용했고 1914년에는 항공기 디자이너들이 비행기끼리 서로 총을 쏠 수 있으려면 어디에 기관총을 장착해야 하는지 생각해 내더니 1915년에는 항공기에서 폭탄을 떨어뜨리는 법을 생각해 냈고 1945년 미국인들은 원자 폭탄을 발명해서 히로시마라는 이름의 도시에 떨어뜨렸다. 항공기의 이름은 〈에놀라 게이Enola Gay〉로 나중에 조종사가 기자들에게 설명한 바에 따르면 그는 아일랜드 출신인 자기 할머니의 이름을 따서 비행기 이름을 지었는데 왜냐하면 할머니의 이름이 참 재미있기 때문이었다. 폭발 때문에 반경 3킬로미터 안에 있는 대부분의 건물들이 완전히 파괴되었고 하늘에 연기구름이 생겨났는데 그 구름은 버섯같이 생겼기 때문에 버섯구름이라고 불리기 시작했다. 현지 학교에는 구급 치료소가 설치되어 폭발에서 살아남은 학교 아이들이 환자들의 상처 부위에서 젓가락으로 구더

원자 폭탄

현실 조건

기를 꺼냈으며 환자가 죽으면 시신을 손수레에 담아서 화장터로 끌고 갔다. 그리고 이후 몇 달 동안 더 많은 사람들이 원자병과 백혈병과 쇠약증 등등의 이름이 붙은 질병으로 죽었다. 폭발과 원자병에서 살아남은 사람들은 남아 있는 시민 사회에 두려움을 안겨 주었으니 그들의 모습이 나병 환자 같았고 행동은 미치광이 같았기 때문이다. 전쟁이 막 끝나려는 참에 원자 폭탄을 떨어뜨린 것은 불필요한 만행이었다고 이후 많은 사람들이 생각했지만 군사 전략가들은 미국인들이 폭탄을 떨어뜨리지 않았다면 누군가 다른 사람들이 떨어뜨렸을 거라고 말했는데 왜냐하면 세 번째 세계 대전이 일어나지 않는다는 것을 보장할 만한 공포의 균형을 창조하려면 현실 조건에서 폭탄을 최소한 한 번은 시험해 봐야만 했다는 것이다. 그리고 1944년 미국인들은 사람 크기의 인형을 발명하여 루퍼트Rupert라고 이름 붙였다. 루퍼트는 낙하산병 복장을 하고 내부는 수류탄과 폭발물로 채워졌는데 미국인들은 비행기를 타고 적들의 배후에 가서 루퍼트를 떨어뜨렸고 루퍼트가 착륙하는 것을 본 독일인들이나 게릴라 병사들이 그쪽으로 다가가면 루퍼트는 땅에 닿는 순간 폭발하면서 주위에 있는 사람을 모두 죽였다. 그리고 1918년 독일인들은 사정거리가 128킬로미터에 이르는 〈뚱뚱이 베르타〉라는 이름의 총을 발명했고

1944년에는 최고 속도가 시속 5천8백 킬로미터에 이르는 〈브이 병기〉[59]라는 이름의 유도탄을 발명했는데 이것의 개발 목적은 독일에 최후의 승리를 가져다주는 것이었다. 그리고 1947년 미국인들이 초음속 항공기를 발명하자 러시아인들은 1957년 인공위성을 발명하더니 1961년에는 최초로 인간을 우주로 내보냈으며 그러자 미국인들이 1969년 우주 비행사 세 명을 달에 보냈는데 그중 첫 번째 우주 비행사는 사다리를 내려가서 달 표면에 발을 디디고는 〈인간에게는 작은 한 걸음이지만 인류에게는 커다란 도약〉이라는 역사적인 문장을 말했다. 미국 우주 탐사 프로그램의 책임 엔지니어는 나치 친위대로 알려진 독일군 특수 부대 대령 출신으로 1944년 브이 병기 유도탄을 발명한 사람이었다. 한편 우주 비행사가 말했던 그 역사적인 문장에 대해서는 그가 혼자서 생각해 낸 것인지 아니면 홍보 전문가가 생각해서 미리 알려 준 것인지 나중에 논란이 일어났다. 브이 병기 유도탄은 도라 강제 수용소[60]에서 생산되었고 한편 달 착륙 생중계를 시청한 사람들은 5억 2천8백만 명에 이르렀는데 정치가와 홍보 담당자들은 그것이 전 세계의 소통과 더욱

독일의 승리

전 세계적 조화

59 Vergeltungswaffe. 독일어로 〈반격 무기〉라는 뜻이다.

60 Mittelbau-Dora. 부헨발트 강제 수용소의 부속 수용소. 독일 중부 노르트하우젠Nordhausen에 있었다.

조화로운 관계를 성취하기 위한 커다란 도약이라고 말했다.

제2차 세계 대전 동안에 물리학자들은 상대성 이론을 재검토했고 수학자들은 정보 이론을 발명해 냈는데 그 이론은 의미론 분야를 등한시하고 정보란 의미와 상관없는 것으로 해석했다는 점에서 혁신적이었다. 그리고 어떤 수학자와 천체 물리학자들은 정보란 우주의 기본 구성 요소 중 하나이며 우주의 구성은 한편으로는 에너지와 정보 사이에 다른 한편으로는 정보와 물질 사이에 존재하는 역관계의 결과라고 말했다. 철학자들은 정보란 철학적 개념으로 존재를 형태로 제시하는 것이며 언제나 그 내용을 찾을 수 있기는 하지만 그 자체로는 정보 안에 숨어 있는 움직임 말고는 아무 의미도 없고 내용은 늘 형태 바깥에서 표현될 수 있다고 말하며 정보에서 의미의 부재가 역사 속에서 의미의 부재와 상관이 있는 건 아닌지에 대해 의문을 제기했다. 어떤 수학자들은 상대성 이론이 세상을 보는 새로운 관점에 수학적 기반을 제공했으며 정보 이론이 논리적으로는 상대성 이론을 보완했다고 말했다. 나치는 처음부터 상대성 이론에 동의하지 않았고 그것이 독일 민족에게 해코지를 하려는 유대인들에 의한 미학적이고도 지적인 공격이라고 말했으며

세상을 보는
새로운 관점

공산주의자들은 상대성 이론이란 부르주아에 의해 발명된 것으로 그 목적은 과학 자체가 상대적이라는 사실을 증명하는 것이며 이를 통해 확고한 과학적 기반 위에 서 있는 공산주의를 공격하려는 음모라고 말했다.

제1차 세계 대전은 민족적이자 애국적인 전쟁으로 사람들은 애국심과 민족의 영혼과 전쟁 기념관을 강하게 신뢰했고 문명의 전쟁으로 불렸던 제2차 세계 대전이 끝난 지 한참 뒤에 사람들은 문명보다는 민족 차원에서 생각하기 시작했는데 모든 민족은 각각 구체적인 특징을 가지고 있었다. 영국 남성들은 실용적이었고 영국 여성들은 발이 컸고 이탈리아 여성들은 가슴이 컸고 이탈리아 남성들은 태평했고 독일 사람들은 위생에 신경을 썼고 유머 감각이 전혀 없었다. 그리고 아일랜드 사람들은 영원히 술에 취해 있었고 스코틀랜드 사람들은 잘 걸어다녔고 프랑스 사람들은 오만했고 그리스 사람들은 열등감에 시달렸고 체코 사람들은 비겁했고 폴란드 사람들은 영원히 술에 취해 있었고 이탈리아 사람들은 시끄러웠고 불가리아 사람들은 발전이 없었고 스페인 사람들은 활기가 없었고 헝가리 사람들은 거드름을 피웠다. 그리고 조각가와 석공들은 작업 의뢰를 많이 받아서 기뻐했다. 그리고 프랑스 사람들은 〈예의범절〉[61]을 알았고

민족과 문명

영국 사람들은 〈페어플레이〉 정신을 알았다. 그리고 중요한 행사가 있을 땐 어린이들이 전쟁 기념관 앞에서 경비를 서며 전쟁의 목격자는 영원히 남을 것이며 모두가 그 점을 염두에 두어야 함을 보여 주었다. 인류학자들은 말하기를 깊은 생각을 불러일으키는 것으로는 박물관이나 기록 보관소보다 기념비가 더 나은데 왜냐하면 기념비는 역사보다 기억에 호소하기 때문이며 역사가 살아있는 과거를 시간 속에 고정시킴으로써 그 정당성을 없애 버리는 반면에 기억은 끊임없이 되살아나는 법이라는 것이었다. 그리고 역사학자들은 기념비가 사회의 기억을 분류하고 집단 기억을 조직화하며 전반적인 망각 특히 구체적인 망각과 싸우게 해주는 것은 사실이나 사실상 다른 형태의 망각을 창조하는 방식이기도 하다고 말했으며 철학자들은 망각조차도 체계적일 수 있다고 말했다. 기념비들은 공공장소와 공터와 길가와 전쟁터 등 여러 장소에 세워졌고 인류학자들은 말하기를 기념비의 건립으로 20세기가 상징적 공간의 재구성으로 인도되었는데 공간의 구성이란 곧 개인과 집단 정체성의 근간인 동시에 사회 제도와 지성의 원칙이며 따라서 모든 역사의 첫 번째 조건이라고 했다. 기념비 앞에서 멈추어 서는

61 *savoir-vivre*. 직역하면 〈사는 방법을 알다〉라는 뜻으로 예의범절이나 세련된 처세술, 세련된 생활 방식 등을 의미한다.

사람들은 병사와 게릴라와 강제 수용소 수감자들의 삶을 그리고 그들의 죽음을 약간이나마 공유한다는 느낌을 받았으며 어떤 역사학자들은 기념비란 기억이라는 바다의 기억 파도가 밀려 나간 뒤 해안에 남은 조개 혹은 반으로 잘려서도 여전히 생명이 남아 꿈틀거리는 지렁이와 같아서 더 이상 실재하지는 않지만 상징성을 가진다고 말했다. 그리고 어떤 젊은 유대인 여성은 슈트루토프 강제 수용소[62]의 열차 플랫폼에서 「즐거운 과부」의 아리아를 바이올린으로 연주한 덕분에 전쟁에서 살아남았다. 그리고 남자와 여자들이 머리를 삭발당했고 목욕탕에 들어갈 때 매표소에 내야 한다는 얘기를 들으며 표를 받았다. 그리고 1917년 어떤 이탈리아 병사는 누이에게 보내는 편지에 〈날이 갈수록 점점 더 확실해진다〉라고 썼다. 그리고 독일인들이 점령했던 나라에서는 전쟁이 끝난 뒤 사람들이 부역자와 반역자 등등을 색출했고 독일인과 동침한 여자들의 머리카락을 밀어 버려서 한 번은 어떤 강제 수용소 수감자가 머리를 삭발당한 채 집에 돌아와 누이의 친구와 춤을 추었는데 누이의 친구 역

62 나츠바일러-슈트루토프Natzweiler-Struthof 강제 수용소. 프랑스 북동부 나츠윌러Natzwiller 지역에 있었던 독일 나치 강제 수용소로 1941년부터 1944년까지 운영되었으며 프랑스인은 물론 폴란드인, 러시아인, 노르웨이인, 네덜란드인, 독일인을 포함하여 약 5만 2천 명이 이곳에 수용되었다.

시 머리가 삭발되어 있었으니 독일군 점령 부대원과 잤다는 이유로 동네 사람들이 그녀의 머리를 밀어 버린 것이었고 그들이 삭발당한 머리를 서로 맞대고 춤을 추자 다른 사람들은 이것이 비정상적이며 혐오스럽기까지 한 일이라고 생각했다. 그리고 스페인 사람들은 플라멩코를 추었고 집시들은 어두운 시선을 던졌고 러시아 사람들은 오만했고 스웨덴 사람들은 실용적이었고 유대인들은 생각이 비뚤어졌고 프랑스 사람들은 태평했고 영국 사람들은 거드름을 피웠고 포르투갈 사람들은 발전이 없었다. 그러나 소비자 사회와 통신 수단의 비약적인 발전과 함께 유럽에서 사람들의 생활 방식은 점차 서로 닮게 되었으니 어떤 사회학자와 역사학자들은 민족이라는 관점에서 생각하는 것이 구시대적이라고 믿었고 서구 산업 사회의 가장 두드러진 특징은 사해동포주의로 독일인이나 루마니아인이나 스웨덴인 등등 같은 건 사실 없으며 이것은 단지 사회적 틀과 편견의 투영일 뿐이라고 말했다. 그러나 다른 사회학자들은 이에 동의하지 않았으며 소비자 사회와 통신 수단의 비약적인 발전과 함께 사람들 대부분이 스스로의 좌표를 점차 잃어 가고 있으므로 오히려 민족 공동체는 그 어느 때보다 중요해졌다고 말했다. 그리고 사회적 틀이야말로 집단적이고 역사적인 기억을 보존하는 데 필수적인 것으로 사회적 틀이

두드러진 특징

없다면 서구 사회는 문화적 통일성을 잃어버릴 것인데 왜냐하면 통일성이란 혼성적이지 않을 수 없기 때문이라고 했다. 그리고 집단적 기억이란 과거와 현재 사이의 타협 작용이며 사회적 틀과 편견은 역사나 기술 혁신 등등에 비하면 낡아서 구식이 되는 속도가 좀 더 느리다는 이점이 있고 따라서 사회적 정체성이 보존되는 최후의 그리고 가장 능동적인 영역을 대표한다고 했다. 민족학자들과 인류학자들은 역사성이란 두 가지 형태를 띨 수 있는데 하나는 자신들의 상징적인 본질을 보존하려는 사회에만 해당하는 것이며 다른 하나는 역사로부터 사건과 에너지를 끌어오는 사회에 해당하는 것이라고 말했다. 그리고 서구 사회는 전통적으로 후자에 속했지만 현재 시점에서는 아마도 전자로 옮겨 가는 것 같다고 했다. 그리고 철학자들은 20세기에 일어난 역사의 가속이 시간에 대한 무관심과 전통적 형태의 역사성의 몰락을 야기했으며 따라서 다른 형태의 역사성이 나타나야 한다면 역사의 흐름을 더 늦춰야 할 필요가 있다고 말했고 그중 몇몇은 인권 선언문에 시간에 대한 인간의 권리를 포함시켜야 한다고 요구했다. 병사들이 잊힐까 봐 전쟁 기념비를 건립한다는 발상은 전쟁 동안에 생겨난 것으로 도시의 시장들이 판단하기에 시청 외벽에 전사자들의 명단을 내거는 것은 너무 비공식적이고 영감을 주지도 않으며 상징성도 떨어지는 것 같았기 때문이다. 나중에 승전국은 물론 패전국에서도 전쟁 기념비가 건립되었는데 승전한 국가들에서는 주로 승리와 희생을 기념했으며 패전한 국가들에서는 주로 희생과 용기를 기념했다. 그리고 1989년 어떤 미국인 정치학자가 발명한 역사의 종말 이론에 따르면 역사는 사실상 끝났는데 왜냐하면 현대 과학과 새로운 소통 수단 덕분에 사람들은 호황 속에 살고 있으며 한때 계몽 철학자들과 인본주의자들이 믿었던 것과는 반대로 보편적 호황이란 곧 민주주의를 보장하는 것이기 때문이었다. 그리고 시민은 사실상 소비자들이고 소비자들은 사실상 시민이며 온갖 형태의 사회가 자유 민주주의를 향해 진화할 것이고 자유 민주주의는 또한 모든 권위주의적인 정부의 쇠퇴와 정치적이고 경제적인 자유와 평등과 인간 역사의 새로운 시대로 이어질 것이었으나 그것은 더 이상 역사적이지 않을 거라고 했다. 그러나 많은 사람들이 이 이론을 알지 못했고 마치 아무 일도 일어나지 않은 것처럼 계속해서 역사를 만들어 갔다.

역사의 종말

역자 해설
『유로피아나』: 20세기에 바치는 짧은 기념비

역사는 이미 일어난 이야기이고, 문학은 일어날 가능성이 있었던 이야기이다. 실제 사실과 개연성의 이런 구분은 아리스토텔레스Aristoteles의 『시학*Poetics*』까지 거슬러 올라가는 오래된 분류이다.
실제로 일어난 이야기와 일어날 가능성이 있었던 이야기의 공통점은, 양쪽 모두 어쨌든 〈이야기〉라는 점일 것이다. 파트리크 오우르제드니크Patrik Ouředník는 『유로피아나*Europeana*』에서 역사와 허구의 이야기들을 교묘하게 뒤섞는다. 오우르제드니크의 손끝에서 20세기 유럽 현대사는 실제로 있었고 실제로 있었을 법한 그냥 〈이야기〉들로 되살아난다. 그래서 이 작품의 분류는 〈픽션*fiction*〉이다.

건물 잔해 속의 시신들은 서로 뭉쳐 있었고 가끔은 두

구나 세 구가 손을 잡거나 서로 껴안고 있어서 떼어 놓으려면 톱으로 잘라야 했다. 그리고 어떤 여자가 서로 붙은 시신을 잘라 떼어 놓지 않으려는 바람에 시신 수습 작업대 대장이 그녀를 방해 공작 혐의로 총살시키려 했으나 그러는 사이에 그 여자를 총살하기로 되어 있던 병사들은 탈영해 버리고 없었다.

예를 들면 이런 것이다. 이 이야기 속의 〈어떤 여자〉는 누구일까? 시신 수습 작업대의 대장은 누구였고 탈영해 버린 병사들은 누구였을까? 진짜로 있었던 사람들일까? 확인할 길은 없지만 이런 사람들이 실제로 존재하지 않았다거나 이런 사건이 일어나지 않았다는 증거도 없다. 제2차 세계 대전은 실제로 일어났고, 독일의 여성 민방위대도 실제로 존재했다. 거기까지는 움직일 수 없는 사실이다. 그러나 누구인지 확인할 길 없는 〈어떤 여자〉의, 사실인지 허구인지 확인할 길 없는 이야기가 마지막에 덧붙으며 역사와 허구는 순식간에 뒤섞여 버린다. 이것이 이야기의 마술이자 텍스트의 힘이다.

파트리크 오우르제드니크는 1957년 체코(당시 체코슬로바키아) 프라하에서 태어났다. 1984년 스물일곱 살 되던 해 프랑스로 이민 가서 지금까지 프랑스에 살고 있다.

체스 자문인, 도서관 사서, 계간지의 문학 편집자 등으로 일했다. 1995년 누아야게 자유 대학Free University of Nouallaguet 설립에 참여했으며 이 대학에서 강의도 하고 있다.

또한 오우르제드니크는 프랑스어와 체코어 번역자이기도 하다. 프랑수아 라블레Francois Rabelais, 레몽 크노Raymond Queneau, 사뮈엘 베케트Samuel Beckett 등 여러 작가들의 프랑스어 작품을 체코어로 번역했고, 보후밀 흐라발Bohumil Hrabal, 블라디미르 홀란Vladimir Holan, 얀 스카첼리크Jan Skacelik 등 체코 작가들의 작품을 프랑스어로 번역하기도 했다. 자신의 작품 활동 역시 프랑스어와 체코어로 동시에 진행한다.

오우르제드니크 작품의 특징을 들자면 〈삶의 흥미로운 지점들〉이라 말할 수 있을 것이다. 언뜻 지엽적으로 보일지라도 뜻밖의 요소들을 드러내 주는 일화나 사건이 있으면 거기에 초점을 맞추는 것이다. 『유로피아나』는 그런 특징을 잘 보여 주는 작품이다.

뜯어서 쓰는 화장실용 휴지는 1901년 스위스의 종이 제조업체에서 발명했는데 그날은 스위스 정부가 이탈리아 왕을 암살한 것으로 의심되는 어떤 무정부주의자를 이탈리아 정부에 넘겨준 날과 같은 날이었고 신문에서는 화장실용 휴지가 소박하지만 중요한 발명품이라고 보도했다.

서구화된 현대의 화장실에 휴지가 없는 상황을 상상해 보면, 화장실 휴지는 정말로 소박하지만 아주 중요한 발명품인 것이 사실이다. 그런데 작가는 이런 정보를 어디서 찾아냈을까? 정말로 신문에 저런 기사가 났을까? 그렇다면 어느 신문일까?

『유로피아나』는 역사서가 아닌 〈픽션〉이며, 이 〈픽션〉이라는 분류 덕분에 아주 많은 것이 허용된다. 사실이건 아니건 흥미롭기만 하면 아무래도 상관없는 것이다. 어쨌든 화장실 휴지라는 물건이 실제로 존재하며 현대인의 생활에 있어 〈소박하지만 중요한 발명품〉이라는 사실은 아무도 반박할 수 없으니까 말이다.

어쩐지 그럴듯해 보이는 개연성 넘치는 허구, 그리고 그런 허구의 이야기에 섞여서 어쩐지 개연성이 좀 떨어지는 듯 보이는, 사실인지 아닌지 알 수 없는 사실의 혼합이라는 점에서 오우르제드니크의 『유로피아나』는 대단히 포스트모던한 작품이라 할 만하다.

프랑스의 철학자 장 보드리야르Jean Baudrillard의 시뮬라시옹*simulation* 이론에 의하면, 포스트모더니즘의 특징은 현실 혹은 그런 현실의 집합체로서의 역사보다 이미지나 인상이 우세하게 되었다는 점이다. 어떤 역사적 사실이나 사건이 한때는 실제로 존재했겠지만 시간이 지나면 역사는 흘러가며 실재했던 사건이나 사실은 과거 속에 묻혀 사라지고 잊혀 버린다. 그러나 사실이나 사건을 둘러싼 이야기와 사람들의 기억, 그 기억 속의 인상이나 이야기 속의 이미지들은 실제 역사가 흘러가 버린 뒤에도 오래도록 살아남아 그 나름의 생명력을 갖게 된다. 이렇게 역사적 현실과 유리된 실체 없는 이미지들을 장 보드리야르는 〈시뮬라크르*simulacre*〉라고 했고, 시뮬라크르들이 조합되어 만들어지는 가상의 이야기, 한때는 현실과 느슨하게나마 관계가 있었겠지만 이제는 그 자체로 자기만의 세계가 되어 버린 가상의 현실을 〈시뮬라시옹〉이라고 명명했다. 다시 말해 이미지와 인상이라는 요소들이 현실에서 점점 떨어져 나와 그럴듯한, 개연성 있어 보이는, 그러나 엄밀히 말해 사실이라고는 할 수 없는 이야기들을 만들어 내고, 그런 이야기들이 실제 역사보다 더 큰 힘을 얻어 현실을 뒤덮어 버리는 것이야말로, 모던을 지나 〈포스트모던〉한 시대에 접어든 시대 특유의 현상이라는 것이다.

오우르제드니크의 『유로피아나』가 포스트모던하다는 것은 이러한 의미이다. 이 작품의 목적은 어떤 절대적인 역사적 진실이나 옳고 그름의 가치 판단을 찾아내는 것이 아니다. 그보다 이야기는 20세기 유럽 현대사에서 흥미로웠던 지점들을 부각시키는 방향으로 흘러간다. 이야기 자체는 흥미롭지만 사실인지 아닌지 알 수 없다. 주요 소재나 대체적인 배경은 틀림없이 실제로 있었던 역사적 사실이지만 그 배경 안에 첨가되는 짧은 이야기들은 있었을 법하지만 사실 관계를 확인하기 쉽지 않은 것들이다. 사실, 별로 확인할 필요도 없다.

그리고 이렇게 실제로 있었던, 혹은 실제로 있었을 법한 여러 가지 이야기 속에서 인간은 다양한 모습으로 나타난다. 제1차 세계 대전 당시 참호 속에서 지쳐 버린 병사들은 슬픔과 안타까움을 이끌어 내지만, 고양이에게 담배를 묶어 적의 참호 속으로 보내는 그들의 모습은 우습기도 하고 전쟁이라는 상황에 비추어 보면 의외로 태평해 보이기도 한다. 한편 적군이 보낸 고양이를 받아서 담배는 피우고 고양이는 잡아먹었다는 이탈리아군의 이야기에 다소 섬찟함을 느끼게 되기도 한다. 1960년대 인권운동을 하던 여성들이 양성 평등을 주장하면서 브래지어를 찢은 일화는 상당히 중요하고 놀라운 사건이었음에도 간단하고 건조하게 서술되는가 하면, 1950년대에 발명된 사이언톨로지에 관한 내용, 즉 사람이 인간으로서 기억의 흔적들을 간직한 엔그램*engram*을 지워 버리면 기억과 인간으로서의 운명을 벗어 버릴 수 있고 시간을 여행하며 자아 계몽을 이루어 낼 수 있을 것이라는 장황한 이야기를 읽다 보면 대체 무슨 소리를 하는 건지 맥락을 파악할 수 없다. 사실 사이언톨로지는 종교라기보다 사기꾼 집단에 가깝기 때문에, 〈대체 무슨 소리를 하는 건지 맥락을 파악할 수 없다〉는 감상을 이끌어 낸 것이 바로 이 이야기의 진실인 셈이다.

사건과 일화들이 역사적으로 진짜 일어난 것인가의 여부와는 상관없이, 작품 안에 묘사된 순진하거나 태평하거나 잔혹하거나 절박하거나 냉소적이거나 환상에 몰입해서 이성을 잃었거나 절망에 빠졌거나 냉정하거나 폭력적이거나 다정하거나 우스꽝스러운 인간의 모습은 모두 진실하다. 인간의 삶이란, 그리고 역사란, 이렇게 다양하고 풍부한 인간의 순간순간을 모아 놓은 것인지도 모른다.

작가의 입담이 만만치 않기 때문에 『유로피아나』에서 사실과 허구를 구분하기란 쉽지 않다. 『유로피아나』 자체가 쉬운 작품이 아니다. 이 책을 완전히 이해하기 위해서는 20세기 유럽 현대사를 아주 잘 알아야 할 것이다. 최소한 작가가 아는 만큼은 말이다. 하지만 그런 뒤에도 작품 안에 등장하는 수많은 지엽적이고 흥미로운 일화와 사건들의 진위 여부를 구분하기란 여전히 쉽지 않다. 『유로피아나』의 도서 분류가 의미하는 대로 작품 전체를 그저 〈픽션〉으로 즐기는 쪽이 마음 편할지도 모른다(덧붙이자면 한국에서는 〈팩트*fact*〉와 〈픽션*fiction*〉을 조합한 〈팩션*faction*〉이라는 단어를 종종 사용하지만 영어사전에는 〈분파〉 혹은 〈파벌〉이라는 의미로 등재되어 있다. 소설이나 창조성과는 전혀 상관없는 단어이므로 본 역자 후기에서는 〈팩션〉이라는 단어를 사용하지 않는다).

그런데 『유로피아나』에서 작가가 단 한 마디의 거짓말도 하지 않고, 허구도 섞지 않고, 특유의 입담을 펼쳐 사실인지 아닌지 알 수 없는 재미있는 일화를 덧붙이지도 않는 경우가 있으니 바로 인종 학살에 대해 이야기할 때이다. 홀로코스트, 터키의 아르메니아인 학살, 소련의 체첸인 강제 이주와 학살 등은 모두 역사적 사실이다. 작가는 이런 역사적 사실들을 있는 그대로 요약할 뿐 이 부분에 대해서만은 아무런 허구도 덧붙이지 않고 아무런 말장난도, 반어나 냉소도 첨가하지 않는다. 다만 〈유대인들이 터키의 아르메니아인 학살을 진짜 인종 학살로 인정하지 않음으로써 인종 학살이라는 개념을 독점하려 한다〉는 부분에서는 작가의 조심스러운 비판과 그 바탕에 깔린 인본주의를 엿볼 수 있다. 다른 민족이 인정하든 하지 않든 인종, 혈통, 피부색, 성별 등 태생적인 요건을 이유로 사람을 집단적으로 죽이는 것은 학살이며, 결코 정당화될 수 없는 인류에 대한 범죄라는 것이다.
반면 다른 주제에 대해, 예컨대 과격하고 급진적인 예술 사조나 앞서 말한 사이언톨로지 등 사기성이 강한 사이비 종교에 대해 이야기할 때 작가는 그런 운동에 속한 사람들이 하는 말을 인용하고 이어 붙임으로써 어처구니없고 우스꽝스러운 문장들을 만들어 낸다.

> 미래주의자들은 감탄사가 많이 들어간 시를 썼는데 예를 들면 〈카라주크 주크 주크 둠둠둠〉 같은 것이었고 또 표현력이 풍부한 글자체를 강력하게 지지했으며 반면에 표현주의자들과 다다이스트들은 예를 들면 〈밤블라 오 팔리 밤블라〉처럼 새롭고 알 수 없는 언어로 시를 써서 이해할 수 있든 없든 모든 언어는 평등하다는 사실을 보여 주려 했고 초현실주의자들은 자동기술과 특이한 비유를 지지했는데 예를 들면 〈내 코르크 목욕은 너의 벌레 눈과 같다〉라고 쓰고 이 시의 의미는 그 안에서 자동적으로 튀어나오며 이것은 물리적인 동시에 형이상학적이라고 설명했다.

20세기 초에 일어났던 여러 가지 〈미친 것 같은〉 예술 사조의 작품들을 실제로 본 적이 있거나 그러한 예술 사조에 대한 설명을 들은 적이 있다면 위의 묘사가 아주 정확하다는 사실을 이해할 수 있을 것이다. 그대로 옮겨 놓기만 해도 이처럼 거짓말 같고 제정신이 아닌 듯한 설명이 나오는데 이는 결단코 작가가 지어낸 것이 아니다. 물론 시치미 뚝 떼고 있는 그대로 정신없이 묘사하는 것에서도 이러한 것들에 대한 작가의 태도를 일부 엿볼 수 있다.

다시 말해 『유로피아나』의 문체와 작가의 표현 방식은 겉으로 드러나는 것보다 훨씬 더 섬세하다. 같은 단락 안에서도 작가는 문장의 주된 소재와 주제에 따라 태도를 자유자재로 바꾼다. 길고 복잡한 역사적인 사실의 기승전결을 단 서너 줄짜리 한 문장 안에 압축하면서 자신의 의견이나 허구의 이야기를 슬쩍 섞어 넣기도 하고, 양차 세계 대전, 홀로코스트와 인종 학살 등 심각한 주제들에 대해서는 몇 번이고 되풀이함으로써 역사의 끔찍하고 충격적인 측면들을 실제 일어난 그대로 차근차근 나열해 주기도 한다.

번역을 하면서 이러한 작가의 태도와 문장의 분위기를 최대한 충실하게 전달하고자 노력했다. 체코어의 문법은 매우 정교하기 때문에 문장이 길어지더라도 문법의 변화에 따라 긴 문장 속에서도 여러 주어가 가리키는 대상을 분별하는 것이 가능하고 주어에 따라 동사도 구분할 수 있다. 따라서 원문에서 오우르제드니크의 문장은 길이가 길든 짧든 그 의미가 대체로 분명했지만, 한국어는 본래 남성과 여성, 단수와 복수가 확실히 구분되지 않아 문장이 길어지면 원문만큼 의미를 정확하게 전달하기 힘들어져 번역하면서 신경을 많이 써야 했다. 기승전결과 인과 관계를 긴 문장 안에 빠르게 압축적으로 설명하는 것이 작가의 문체적 특징이기 때문에 의미 전달을 위해 문장을 끊기보다는 원문의 분위기를 살려 길고 정신없는 문장들을 가능하면 그대로 전달하고자 노력했다. 또한 유럽 현대사와 그 현대사가 펼쳐진 지리적 배경이라는 것이 한국의 일반 독자들에게 모두 익숙한 것은 아니기 때문에 초고를 번역할 때는 옮긴이 주를 많이 넣어 최대한 설명하려 했다. 그러나 작품의 문체와 흐름을 고려할 때 지나치게 많은 주해가 오히려 방해가 될 것 같다는 편집자의 의견이 있어 편집과 교정 과정에서 주석을 일부 삭제했다. 앞에서 언급했듯이 이 작품은 픽션이므로, 실제 지명이나 역사적 사건들을 1백 퍼센트 빠짐없이 알지 못하더라도 작가가 이끌어 가고자 하는 흐름과 그 내용은 무리 없이 이해할 수 있을 것이다.

〈기념비〉는 전쟁과 함께 작가가 여러 번 되풀이하여 언급하는 소재다. 전쟁 기념비, 무명 용사 추모비, 홀로코스트 피해자 추모비 등등 여러 종류의 기념물이 다양한 형태로 기획되거나 건립되었던 사실들을 작가는 이 짧은 작품 안에서 반복적으로 묘사한다. 제1차 세계 대전 이야기로 시작하는 이 작품은 역시 제1차 세계 대전과 제2차 세계 대전에 대한 이야기로 끝난다. 작품을 마무리 지으며 작가는 역사의 의미와 역사에 대한 여러 가지 학술적 이론들을 압축하고 요약해서 들려주는데, 이때도 기념비의 존재 의미에 대한 논의가 다시금 등장한다. 기념비라는 소재가 이렇게까지 중요한 이유는, 이 작품 자체가 일종의 기념비이기 때문이 아닐까 싶다. 제1차 세계 대전과 제2차 세계 대전이라는 20세기 전반의 두 가지 커다란 사건을 축으로 삼고 그 이전과 이후의 여러 장면들, 20세기 유럽 사람들의 여러 모습을 모자이크처럼 보여 주는 기념비. 『유로피아나』는 바로 그러한 기념비라 할 수 있을 것이다. 그러나 작가는 기념비의 상징성에 대해 이야기한 뒤에 곧바로 홀로코스트를 상기시켜 기념비가 역사적 사실을 전부 묘사하거나 기억시킬 수는 없음을 강조한다. 사람들은 〈마치 아무 일도 일어나지 않았던 것처럼 계속해서 역사를 만들어〉 가겠지만, 그 이면에는 언제나 말과 글로 전부 묘사할 수 없고 인간의 기억 속에 전부 담아 둘 수 없는 수많은 사건들이 있다. 그 사실만이라도 상기시키려는 것이, 매우 흥미롭고 독창적인 기념비인 이 작품의 집필 의도였을 것이라고 번역자 나름대로 추측해 본다.

정보라

옮긴이 **정보라** 연세대학교 인문학부를 졸업했다. 미국 예일 대학 러시아 동유럽 지역학 석사를 거쳐 인디애나 대학에서 슬라브어 문학 박사 학위를 받았다. 현재 연세대학교 노어노문학과에서 강의를 하며 슬라브어권의 알려지지 않은 작품들을 번역하는 일에도 힘쓰고 있다. 옮긴 책으로 비톨트 곰브로비치의 『이보나, 부르군드의 공주/결혼식/오페레타』, 밀로시 우르반의 『일곱 성당 이야기』, 보리스 빅또로비치 싸빈꼬프의 『창백한 말』, 안드레이 플라토노프의 『구덩이』, 미하일 불가코프의 『거장과 마르가리타』, 타데우슈 보롭스키의 『우리는 아우슈비츠에 있었다』, 로드 던세이니의 『얀 강가의 한가한 날들』 등이 있다.

유로피아나 짧게 쓴 20세기 이야기

발행일 **2015년 11월 30일 초판 1쇄**

지은이 **파트리크 오우르제드니크**
옮긴이 **정보라**
발행인 **홍지웅**
발행처 **주식회사 열린책들**

경기도 파주시 문발로 253 파주출판도시
전화 **031-955-4000** 팩스 **031-955-4004**
www.openbooks.co.kr

ISBN 978-89-329-1738-2 03890

이 도서의 국립중앙도서관 출판시도서목록(CIP)은 e-CIP 홈페이지(http://www.nl.go.kr/ecip)와 국가자료공동목록시스템(http://www.nl.go.kr/kolisnet)에서 이용하실 수 있습니다. (CIP제어번호 : CIP2015031734)